" 당신의 때는
반드시 올 거예요"

오춘기
김작가

2024년 봄과 여름 사이,

자랄 수 있다

잘할 수 있다

무엇이든
될 수 있는
너에게

(어른도)
자랄 수 있다
(　　　)
잘할 수 있다

오춘기
김작가　에세이
작가

two
Rabbits

"어른이 되면 뭘 하고 싶어?"

어릴 때 수없이 들었던 질문.

하지만 어른이 된 지금,

무엇을 하고 싶었는지 아득해졌습니다.

그렇다고 꿈을 꾸자니
현실이 흔들릴까 봐
설렘보다 두려움이 앞섭니다.

그럴수록 비좁은 마음속으로

더 멀리

더 깊이

웅크립니다.

하지만 웅크린 마음은 말합니다.

나도 더 멀리,

더 깊이 헤엄치고 싶은데….

어쩌면 할 수 없을 거라고 포기했던 내 생각들이
성장 가능성을 닫아버린 건 아니었을까요?

헤매고 서툴러도

씩씩하게 헤쳐 나가던 어린 시절처럼

이 넓은 어른의 세상 속으로 뛰어듭니다.

에잇!

나로 향하기 위해,
꿈을 향하기 위해.

곡선으로
자라는 사람도
있다

손해 보는 ———— 인생

때론 손해 보는 게 마음 편한 사람들이 있습니다.
그런 사람을 두고 어떤 이들은 회피하는 거라고,
그저 거절 못 하는 성격일 뿐이라고 말합니다.
하지만 그렇게만 치부하기엔
손해 볼 때 비로소 채워지는 마음이 있습니다.

모두가 예민하던 입시 시절, 당시 재수생이던 저는
그림을 빌려 달라는 부탁을 자주 받았습니다. 테크닉과
아이디어가 그려진 그림을 빌려준다는 건 마치 핵심이
빼곡히 담긴 필기노트를 빌려주는 것과 같았지요.

하지만 그럴 때마다 저는 흔쾌히 빌려주곤 했습니다.
대학 시절에도 별반 다르지 않았습니다. 늘 과제를
공유하고 포맷은 아예 커뮤니티에 올려 두곤 했으니까요.

언젠가 친구는 말했습니다.

그때의 제가 도무지 이해가 안 갔다고.

카피를 하면 분명 테크닉도 따라 그릴 텐데

같은 학교를 지원했으면 어쩌려고 그랬냐고,

공유한 과제와 포맷으로 다른 사람이

더 좋은 점수를 받았으면 어쩌려고 그랬냐고,

왜 굳이 손해 보는 일을 했냐며 말이죠.

저는 조금 어려운 상황에서 입시를 치렀습니다.

때문에 누구보다도 간절한 마음을 잘 알고 있었지요.

그렇지 않아도 경쟁으로 팍팍해진 마음을

의심과 질투로 더는 잃고 싶지 않았습니다.

더 빨리, 더 큰 성공을 위해

수단과 방법을 가리지 않는 사람들은

이런 저를 보며 답답하다고,

남는 것도 없을 거라고 말합니다.

그럴 때면 걱정 어린 비웃음 뒤로

남아있던 어수룩한 웃음을 덤으로 넣어줍니다.

수지 타산만큼 이해타산을 따지며

득이 되는 관계만을 향해 아득바득 살아가는 세상.

곡선으로 자라는 사람도 있다

이 치열한 세상을 살다 보면
때론 아무것도 남지 않은 날도 있겠지요.

하지만 조금 손해를 보더라도
자연스러운 마음에 담긴 넉넉한 평안을 나누고
그 평안이 진심이 되어 누군가의 행복이 되어준다면
제겐 그게 남는 장사일 겁니다.

내 상처도 자작나무처럼

자작나무는 독특한 무늬를 갖고 있습니다. 하얀 수피樹皮
위로 보이는 검은 무늬는 가지가 떨어져 나간 자리의
상처라고 합니다. 이 자리를 스스로 메워 단단한 옹이로
남은 상처들, 그렇게 옹이가 된 상처들은 다른 나무에선
느낄 수 없는 자작나무만의 근사한 무늬가 됩니다.

세상을 살아가다 보면 상처란 피할 수 없는 필연의
존재 같습니다. 그게 몸의 상처든, 마음의 상처든 말이죠.
제 발가락엔 흉터들이 있습니다. 양발 중 여덟 곳을
수술했는데, 그중 여섯 곳은 뼈를 절단했다 다시 붙이는
수술이었습니다. 수술 후 이틀은 지금도 기억이 나지
않습니다. 엄마가 물에 적신 거즈를 입에 물려주면
마른 입술을 겨우 적시며 벌벌 떨었던 기억만 뜨문뜨문
날 뿐입니다. 허리까지 타는 듯한 고통에 진통제도
소용없었습니다. 그저 '이 또한 지나가리라' 견디며
하염없이 울었습니다.

처음 걷기 연습을 한 날, 이제 막 태어난 새끼 기린처럼
양다리가 힘없이 쭉쭉 벌어졌습니다. 기를 쓰며 걸으려
했지만 걷기는커녕 서 있을 수도 없었지요. 처음 걷기에
성공한 날엔 함께 병실을 썼던 할머니들께 박수 세례를
받았던 기억이 납니다. 제법 뼈가 붙자 철심을 빼야
했습니다. 차오른 살에 파묻힌 실밥을 제거하기 위해
마취 없이 살을 째고 열두 개의 철심을 뽑아냈습니다.
'이 또한 지나가리라' 하는 마음으로 말이죠.

퇴원 후 집에서 요양하며 출근 복귀를 준비하다가
또 한 차례 수술을 받게 되었습니다. 그간 쌓인 과로에
몸 어딘가가 견디지 못하고 터져버린 것이지요. 병 수발에
지쳤을 가족을 향한 미안함 때문에 새벽까지 혼신을 다해
참다가 결국 응급실행을 피할 수 없었습니다.
얼마나 오래 참았던지 간까지 피와 물이 차있던 저는
긴급히 전신마취를 하고 응급수술을 했습니다. 연이은
수술 때문에 진통제를 놓을 수도 없을 만큼 쇠약해져 있던
몸은 통증을 고스란히 느끼며 밤새 고통과 혼란 사이를
오갔습니다. 아침이 되자 의사는 장기 유착을 막기 위해
걸으라고 했습니다. 걸을 힘조차 없었지만 아픈 곳을
움켜쥔 채 회복되지 않은 발로 병실 복도를 엉금엉금

걸었습니다. 아픈 만큼 성숙해진다고 하지만 이토록
고통스러운 아픔이라면 영원한 철부지로 남고 싶다고
빌었지요.

휴직을 연장했기에 제대로 재활을 받을 새도 없이 복직을
한 저는 이전과 다를 바 없는 하루를 살아갔습니다.
부재의 시간을 열심으로 메우며 승진 준비도 했지요.
하지만 자신의 입신양명이 전부였던 상사 때문에 저는
승진 대상자도 될 수 없었습니다. 또다시 지쳐가는 몸과
마음에 단단한 옹이가 되지 못한 상처는 점점 곪아갔지요.
더는 견딜 수 없던 저는 퇴사를 하겠다고 말해버렸습니다.
그렇게 일사천리로 진행되었던 세 번의 상담. 특히 믿고
따랐던 상사에게 "아픈 것도 네 탓인 거 알지?"라는 말을
들었을 때는 몸이 아팠던 것보다 더 큰 상처가 되었습니다.
덕분에 실신하면서까지 최선을 다했던 이곳에 남은 미련을
모두 털어낼 수 있었습니다.

퇴사 날 아침, 친할머니가 돌아가셨다는 연락을
받았습니다. 얼마나 울었을까요. 그저 참기만 하는 성격
탓에 곪은 마음을 쏟아낼 수 있는 시간을 할머니가
마지막 선물로 준 건 아니었을까, 하는 생각이 들기도

곡선으로 자라는 사람도 있다

했습니다. 갑작스러운 퇴사에 회사에는 이런저런 소문이
돌기도 했습니다. 걸을 수 없이 아파서 퇴사했다는
소문부터 첫 책을 냈을 땐 돈방석에 앉았다는 소문까지.
처음 독립을 했을 땐 내 어리숙함을 이용하려 접근했던
사람들로 상처받기도 했지요.

그럼에도 불구하고 시간은 흐르는 법입니다. 수술을
한 지도 어느덧 11년이 지난 지금, 이제 발의 상처는
제법 희미해졌습니다. 흐릿해진 상처만큼 몸과 마음의
상처도 흐릿해졌지요. 그리고 이 글을 쓰고 있는 지금은
그 상처들을 덤덤히 나눌 수 있을 만큼 단단한 사람이
되었습니다.

나무줄기가 두꺼워지기 위해 늘어나다 보면 나무의
표면은 갈라지고 찢어져야만 합니다. 나무에게 상처란
자라나기 위해 감내해야만 하는 운명과도 같은 것이지요.
마찬가지로 두렵고 고통스럽기만 했던 그 아픔들이 저를
굳건하게 만들어주었습니다. 그 시간이 있었기에 말 못 할
아픔을 견디고 있을 누군가를, 노력만큼 되지 않는
현실에 상처받았을 누군가를 진심으로 이해할 수 있게
되었습니다.

자작나무의 상처들은 말합니다. 상처받아 찢어지고
떨어져 나간 마음을 채우고 추스르면 어제의 쓰라림과
오늘의 물집, 그리고 내일의 굳은살이 더 단단하고
굳건한 나를 만들어줄 거라고. 눈동자 같은 자작나무의
무늬처럼 상처 또한 세상을 바로 보게 해줄 지혜로움이
되어줄 거라고. 그리고 그 지혜로움이 단단한 마음이 되어
오랜 시간이 지나도 뒤틀리지 않는 자작나무처럼 혼란
가운데서도 굳건하게 자리 잡을 거라고. 그렇게 상처를
치유하며 자신의 품을 넓혀나갈 거라고.

그러니 누군가 오늘도 상처받고 있다면
당신은 분명 더 단단해질 거라고,
더 굳건해질 거라고 말해주고 싶습니다.
그렇게 나다운 모습으로 자라날 거라고요.
자작自作나무처럼 말이죠.

오늘도 상처받고 있다면,
당신은 분명

더 단단하고 더 굳건해질 거예요.

자작(自作)나무처럼.

오늘도 마음은 야근 중

저는 불면증이 있습니다. 모두가 잠든 밤, 뜬눈으로
밤을 새우는 불면증의 고통은 당사자만 알 겁니다. 몸은
피곤한데 아무리 눈을 감아봐도 잠은 오지 않고, '보다
보면 잠이 들겠지' 하고 틀어둔 영상 속 화면 위로 아침
햇살이 드리우는 날이 반복되다 보니 기력은 물론,
마음까지 허약해졌습니다.

덕분에 불면증의 가장 친한 '동료'인 두통과 어지럼증도
생겼습니다. 시간이 지날수록 증상이 악화되어 결국
병원을 찾았지요. 떼꾼한 눈으로 증상을 설명한 후 몇
가지 검사를 했습니다. 그리고 삶과 일 사이에서 균형을
잡지 못한 채 늘 대기하고 있는 마음이 불면증의 가장 큰
원인이라는 진단을 받았지요.

생각해 보면 어릴 적부터 노력에 비해 결과가 좋지
않았습니다. 그래서 남들보다 몇 배의 노력을 하는 게
어느새 삶의 습習이 되어버렸지요. 불확실한 꿈 하나만

믿으며 살아가기엔 안정적인 내일이 사라질까 두려웠나
봅니다. 언제든 기꺼이 잠을 포기하는 대기 상태로
지내왔으니까요.
밤이 짙어지면 이 지루한 기다림에 아무 의미 없을
핸드폰 불빛을 비춥니다. 다가오고 있을 꿈이 아닌
일어나지 않을 걱정을 향해서요. 꿈을 꾸기 위해선 잠을
자야 할 텐데 잠들 수 없는 마음은 조급함과 불안함으로
기다림을 달랩니다.

하지만 저는 알고 있습니다.
이 기다림 끝엔 아무 일도 일어나지
않을 거라는걸요.

홀로 야근하는 마음에게 말해주고 싶습니다.
부디 불안한 생각은 끄고 지난 후회가 들어오지 않도록
오늘을 잠그고 평안한 마음 곁으로 가라고요.

어느새 모두가 잠든 밤.
이제 꿈이 있는 삶으로 돌아갈 시간입니다.

쉼표 ── 그리고,

'리듬', '멜로디' 그리고 '하모니'는 음악의 3요소입니다.
오선지 위의 무수히 많은 음표들은
때론 느리게, 때론 빠르게, 때론 경쾌하게 흘러가며
호흡을 맞춥니다.

쉼표는 음표만큼이나 중요한 존재입니다.
쌀도 뜸을 들여야 찰기가 도는 밥이 되듯
새로움을 맞이하기 위해 쉬어가는 텀은 필수인 것처럼요.

러시아의 작곡가 알프레드 시닛케Alfred Schnitke의 묘비명엔
이런 글귀가 있다고 합니다.

'쉰다, 오래, 그리고 아주 강하게.'

죽음마저도 끝이 아닌 쉼으로 표현한 것만 봐도
쉼표의 시간은 그만큼 중요한 것이겠지요.

무너지는 나를 돌아볼 수 없을 만큼 내달렸던 저는
휴직과 퇴사를 하고 나서야 비로소 쉴 수 있었습니다.
물론 빠른 삶이 익숙했기에 쉼이 마냥 편하지만은
않았습니다.

하지만 이 조용한 시간이 있었기에
아직 하고 싶은 것이 있는 나를,
할 수 있는 것을 찾아가는 나를,
해야만 하는 것을 해낼 만큼 단단해진 나를,
비로소 만날 수 있었습니다.

저는 여전히 인생의 3요소를 맞춰가는 중입니다.
처음이다 보니 화음이 맞지 않을 때도,
음 이탈이 날 때도 있습니다.
그럴 때면 또다시 멈추고 쉬면서
때론 느리게, 때론 빠르게, 때론 경쾌하게 흘러갈 겁니다.

더 아름다울 하모니를 위해서.

E와 I 사이의
인간

오래전, MBTI 검사를 받은 적이 있습니다.
'E외향형'와 'I내향형' 중 저는 'E'가 나왔습니다.
하지만 그 차이가 너무 미미해 큰 의미가 없을
정도였지요. 맞습니다. E라고 하기엔 부족하고 I라고
하기에도 어딘가 애매한, E와 I 그 사이의 사람입니다.

E와 I, 그 사이에서 살아간다는 건 참 피곤한 일입니다.
저는 사진 찍히기보단 찍는 것을 좋아하고 무대 위보단
무대 아래에서 묵묵히 서포트하는 걸 좋아합니다. 그런데
나서서 감투 쓰는 것도 좋아하지요. 관계를 중요시하는
성격 탓에 때마다 주변을 챙기고 모임에 나가 사람들과
어울려 웃고 떠들며 작게나마 준비한 선물을 나눠주는
시간은 가장 큰 기쁨 중 하나입니다. 그러면서도 집에
돌아오면 혼자만의 시간이 간절해집니다. 때론 조용한
삶을 동경하며 이 모든 것이 피곤하게 느껴질 때도
있습니다.

이런 나를 보고 있으면 가식적인 사람처럼 느껴지기도 합니다. 내 진심이 사실 진심이 아닐지도 모른다는 생각에 이 애매한 성격이 싫은 적도 많았습니다.

이런 마음들이 부딪힐 때면 글을 쓰고 그림을 그렸습니다. 돌이켜 보면 이런 모자라고 애매한 마음이 있었기에 부족한 글솜씨에도 책을 낼 수 있었고 꾸준히 그림을 그릴 수 있었던 걸지도 모르겠습니다. 또 그런 사람이기에 함께할 때 힘이 나는 누군가에겐 곁을 내주고, 혼자일 때 힘이 나는 누군가에겐 기다려줄 수 있었겠지요.

저는 그런 마음을 모두 이해할 수 있는 저를 이젠 좋아해 보려 합니다. 그리고 이 마음 사이를 오가며 글을 쓰고 있는 이 밤. 채워질 수도, 채워줄 수도 있는 내가 조금은 좋아지려고 합니다.

곡선으로
걸어가겠습니다

회사에 다닐 땐 단 한 번도 여행을 떠나지 못해서였을까요.
아니면 현실에서 도망치고 싶어서였을까요. 퇴사 후
한 달간 독일로 여행을 떠났습니다. 혼자라는 불안감과
조급함에 이정표가 있어도 길을 헤매기 일쑤였지요.
덕분에 하루를 엉망으로 날려버린 날도, 헤매느라 우스운
사람이 되는 날도 있었습니다.

어떤 날은 멀쩡하고 번듯한 길을 놔두고 골목길을
배회하다 쏟아지는 비를 쫄딱 맞고 해 질 녘 정류장에서
몸을 떨기도 했지요. 때마침 옆을 지나던 버스에서 내린
가이드와 여행객의 여유로운 모습에 남들처럼 안전하고
평탄하게 여행했으면 얼마나 좋았을까 하는 후회가
밀려오기도 했습니다.

하지만 어디에서 생긴 용기였을까요? 여행 후 저는
프리랜서의 삶을 선언했습니다. 이 고단한 선택이 부디
현명한 선택이길 바라면서요. 매달 나오는 월급으로 굶을

걱정은 없었을 하루가 한순간 생존이 되어버렸지요. 물론 남들처럼 안정되고 평범하게 살았으면 얼마나 좋았을까, 하며 내 선택을 후회하기도 했습니다. 그렇게 때론 후회를, 때론 자기합리화를 하며 구불거리던 여행처럼 뒤엉킨 인생길을 걸었습니다.

여행을 다녀온 지도, 어디에도 얽매이지 않은 삶을 지탱해온 지도 어느덧 9년 차입니다. 출구가 보이지 않는 현실을 헤맬 때도, 겨우 오른 오르막길에서 끝없이 미끄러질 때도 있었습니다. 곧은 직선 길이 아닌 돌아가는 게 더 익숙해져버린 삶. 하지만 이 굽이굽이 곡선의 길을 걸으며 흐릿해진 내 모습과 잃어버렸던 꿈을 조금씩 찾아가고 있습니다.

빨리 가려거든 직선으로 가고
멀리 가려거든 곡선으로 가라는 말이 있습니다.

짧은 듯 긴 인생길.
저는 지금 곡선으로 여행 중입니다.

곡선으로 걸어가요, 우리.
빨리 가기보다 멀리 가기 위하여.

세상의 모든 ─── 지각생에게

저는 늘 지각인생이었습니다.
인생엔 때가 있다지만 늘 조금씩 느렸고
때론 그 느림이 결정적인 순간
발목을 붙잡기도 했습니다.

게다가 계산적이지 못한 어리숙함,
돈을 향한 알 수 없는 불편함에
끌어주겠다며 손을 내미는 사람들의 호의를
전력을 다해 뿌리치곤 했습니다.
이 둔한 마음 때문에
저는 남들보다 더 일찍, 더 오래 뛰어야
겨우 세상의 보폭에 맞출 수 있었죠.

그렇다고 제 느린 인생을,
기회를 붙잡지 못한 시절을 탓하지 않습니다.
이게 나라는 사람이라는 걸 깨달아갈수록
바꾸기보단 인정하는 게

어쩌면 가장 빠른 길이라는 걸
제법 받아들였기 때문입니다.

그래서 저는 명예로운 졸업을 하기로 마음먹었습니다.
오늘도 부지런히 뛰고 있을 지각생들과
부지런해야만 할 운명일 후배들에게

느려도 괜찮을 수 있다는걸,
느려도 즐거울 수 있다는걸,
느려도 꿈꾸던 것을 이뤄낼 수 있다는 걸 알려주는
그런 졸업생이 되기로 했습니다.

그러니 여러분도 앞으로의 시간을
슬퍼하지도, 낙심하지도 마세요.

타인이 정해둔 속도에 떠밀려 가기보다
온전한 시간을 누리다 보면
그 누구보다 빛나는 졸업장을 받아들 테니까요.

느려도 괜찮을 수 있다.
느려도 즐거울 수 있다.

잠시 ── 혼자 ── 있겠습니다

저는 시간을 대부분 혼자 보냅니다. 하지만 혼자
있으면서도 혼자 있고 싶을 때가 있습니다. 그럴 땐 어쩌면
나로서 온전하지 못해서일지 모르겠다는 생각을 합니다.

우리는 혼자 있어도 혼자일 수 없는 세상을 살아갑니다.
손가락 하나로도 해도 전 세계 소식을 볼 수 있고,
만난 적 없는 누군가의 근황을 알 수 있으니까요.
그런 갖가지 이야기로 생각이 차고 넘쳐서일까요?
때론 홀로 있을 때조차 머릿속이 비좁게 느껴집니다.

가끔은 내 생각과는 다른 말을,
내 마음과는 다른 행동을 할 때도 있습니다.
마음은 하나인데 볼 수 있는 눈은 두 개,
들을 수 있는 귀도 둘이다 보니
무심결에 담은 세상의 목소리에
내 생각이 밀려나기도 합니다.

그리고 그렇게 채워진 생각들이
내 생각인 양 흘러나올 때가 있습니다.
그런 날은 주책없이 늘어놓은 말이
창피함이 되어 밤새 나를 괴롭힙니다.

그래서 가끔 혼자를 자처하곤 합니다.
혼자 여행을 가고 혼자 영화를 보고 혼자 밥을 먹습니다.
부디 이 복잡하고 어지러운 세상에서 분별을 잃지 않고
살아가길 바라면서 말이죠.

홀로 떠난 여행은 나로 가득합니다.
아주 사소한 하루라도 나의 선택으로 이루어지니까요.
실망스러운 날도 꿋꿋하게 지내다 보면
어느새 온전함으로 채워져 있습니다.

기다리던 영화가 개봉하면 되도록 혼자 가는 편입니다.
벅찬 감동이 누군가에 의해 흩어져버리는 걸 바라지도,
내 생각을 오롯이 느낄 새도 없이
의심하고 싶지도 않기 때문이지요.

유행하는 음식이나 맛집이 아닌

내가 좋아하는 맛을 찾아갈 때면

그 자연스러움에 하루 종일 마음이 든든합니다.

누군가는 청승맞다고, 외로워 보인다고 말하기도 합니다.

하지만 함께 있어도 내 마음이 외롭지 않기 위해서,

함께 있어도 내 생각을 잃지 않기 위해서

나만의 시간을 보내고 있는 것뿐입니다.

그러니 잠시 혼자 있겠습니다.

걱정하지 마세요.

저는 지금 그 어느 때보다 온전히 지내고 있습니다.

오늘이라는 구원

혼자 일할수록 나를 지켜내는 일이 참 어렵습니다.
일이 없으면 불안함에,
일에 쫓기면 조급함에 빠지기 쉬우니까요.
그러다 보면 몸과 마음, 영혼까지 금세 피폐해집니다.

이런 삶이 지겹도록 싫어질 때가 있습니다.
그래서 어떤 날은 건강한 음식으로 장을 봐서
냉장고를 빽빽이 채웁니다.
어떤 날은 베스트셀러 책을 주문하기도 하지요.
또 어떤 날은 뜬금없이 운동을 등록하기도 합니다.

그런 날은 밤이 되면 다짐을 합니다.
내일부터 건강하게 먹어야지,
내일부터 하루에 30분이라도 책을 읽어야지,
내일부터 조금이라도 운동해야지.

하지만 눈을 뜨자마자 읽은 업무 메일 한 통에

어제의 다짐은 무너지고 맙니다.

스트레스를 핑계 삼아 과자로 끼니를 때우고

뜯지도 않은 채 쌓인 책들은 인테리어 소품이 되어갑니다.

의사소통하느라 진이 다 빠진 탓에 운동은커녕

야식을 먹습니다.

그렇게 오늘도 보기 좋게 실패했습니다.

그럴 때면 '내가 그렇지 뭐' 하고 자괴감에 빠집니다.

SNS 속 근사한 성공을 훔쳐본 뒤

아무 죄 없는 내 하루를 십자가에 못 박습니다.

그리곤 원망합니다.

내 의지는 왜 이리도 나약한 걸까.

내 열정은 왜 이리도 부족한 걸까.

이 하찮은 다짐조차 지키지 못한다면

나는 앞으로의 나를 어떻게 지켜야 하는 걸까.

엉망이 된 마음이 홀로 엎드려있는 밤.

그 가여운 마음을 일으키기 위해

지키지 못한 다짐들 사이로 오늘이 떠오릅니다.

실패하고 포기해도 괜찮다는 듯
아무것도 묻지 않는 오늘이 떠오릅니다.

그렇게 오늘을 살아갑니다.

어느 모래알의 고백

오늘도 파도를 맞으며
그렇게 우두커니 넓은 바다를 보고 있노라면
그 품에서 숨을 붙이고 있는 작은 생명부터
바다를 뿜어내는 커다란 고래를 보며 상상합니다.

'아, 나도 저렇게 세상을 품을 수만 있다면
얼마나 좋을까.'

하지만 불어오는 모진 풍파에 날아갈까,
밀려오는 파도에 쓸려갈까 노심초사하다 보면
어쩜 나만 이리도 초라한지,
잔뜩 풀 죽은 생生을 토닥여봅니다.

따개비고 거북손이고 홍합이고 다닥다닥 붙어 있는
커다랗고 듬직한 바위가 될 수만 있다면 얼마나 좋을까.
파도가 밀려올수록 반짝반짝 빛나는
조약돌이 될 수만 있다면 얼마나 좋을까.

'나는 왜 이리도 작디작아
바라만 봐야 할 뿐, 아무것도 할 수 없는 걸까.
이런 나도 누군가의 세상이 될 수 있을까?'

스며든 바닷물만이 모래알의 속상한 마음을
위로해 줍니다.

하지만 모래알은 모를 겁니다.
그렇게 스며든 바닷물로 단단해진 모래알들이
서로를 토닥이듯 모래성을 토닥이며
누군가에겐 잊지 못할 추억으로
누군가에겐 가장 행복한 기억으로
누군가의 세상을 만들고 있다는 사실을요.

그 어떤 세상보다도 커다랗게 말이죠.

햇빛이 반짝이듯
반짝이는 모래알이 서로의 생을 다독일 때
비로소 우리의 세상은
더없이 커다란 세상이 된다.

즐거움, 성장 원동력

제가 운영하는 펜 드로잉 수업에 오는 분들은 주로 여성이
많습니다. 그러던 어느 날, 열두 번에 걸쳐 진행되는
이 수업에 한 중년 남성이 문을 두드렸습니다. 미대 입시생
딸을 둔 이분은 주말마다 딸의 미술학원 통학을 책임지던
자상한 아버지였지요.

바이크가 취미였던 그분은 자유롭게 달리다 마음에 드는
장소에서 그림을 그려보는 게 버킷리스트 중 하나라고
했습니다. 그래서 딸의 미술학원 수업이 끝나기 전까지
비는 시간 동안 펜 드로잉을 배우고 싶다고 했지요.
덤덤하게 말씀하셨지만 저는 알 수 있었습니다. 이곳에
오기까지 얼마나 많은 고민과 망설임이 있었을지.

꼭 하지 않아도 될 일에 황금 같은 토요일을
열두 번이나 할애한다는 건 쉬운 일이 아닙니다.
하지만 이분은 무더위와 장마에도 빠지지 않고 출석해
꼬박꼬박 그림을 그렸습니다.

서툴고 투박한 손. 하지만 누구보다도 정성껏 그려낸
그림들은 사랑하는 이들을 지키기 위해 어른으로,
또 가장으로 살아가느라 가장 먼저 포기했을지 모를
즐거움을 찾아나갔습니다.

조금씩 다듬어지고 선명해지는 그림에 뿌듯해하던 모습이
지금도 눈에 선합니다. 그럴 때면 즐거움엔 어른의 무게를
이겨내는 힘이 있다는 걸 깨닫곤 했습니다.

조건을 따져야만 하는 현실을 살아갈수록 즐거움은
소중해집니다. 그러니 아주 작은 움직임이어도
괜찮습니다. 그것이 나의 즐거움이 된다면 잘하지 못해도,
끝까지 해내지 못해도 내 삶의 원동력이 되어줄 테니까요.

종강을 한 지도 어느덧 2년이 다 되어가는 요즘.
흐뭇하게 그림을 그리던 그분을 떠올리니
아, 왠지 붓을 들고 싶어집니다.

겸손이라는 함정

오른손이 한 일을 왼손은커녕
오른손도 모르게 하는 사람이 있습니다.
나를 앞세우기보단 남을 앞세우고
남보다 낮아지는 것을 '겸손'이라 여기면서요.

어릴 적부터 엄마는 늘 겸손해야 한다고
강조했습니다.
오만함으로 자신을 잃게 되진 않을까,
외로운 인생을 살게 되진 않을까 싶은
애정 어린 걱정 때문이었지요.
그 마음을 알기에 겸손을 잊지 않으려 노력했습니다.

그렇게 저는 자랑이 부끄럽고
칭찬이라면 손사래를 치는 어른이 되었습니다.

모든 것이 부족하기만 한 것 같고,
모든 것이 내 탓 같기만 할 때도 있었습니다.

동시에 누구라도 이 노력을 알아줬으면 하는 마음에
울컥하기도 했지요.
하지만 어설프게 착해빠진 마음은
참는 것 또한 미덕이라며
'충분히 잘하고 있는 나'를
겸손이란 함정 속으로 밀어 넣었습니다.

저는 겸손한 사람일까요?

교만하자는 말이 아닙니다.
남을 존중하듯 나 또한 존중하며
자신을 내세우진 않지만,
밀어내지도 않는 마음으로
보잘것없는 모습까지도 귀하게 여기고
물러서려는 마음은 다독여
담대한 마음으로 다시
세상에 나설 수 있게 해주고 싶을 뿐입니다.
뒤처지고 주눅 든 마음을 보듬으며 말이죠.

벼는 익을수록 고개를 숙인다는 말이 있습니다.
하지만 사람들은 알지 못합니다.

제대로 여물지 못한 벼는
쭉정이에 불과하다는 사실을요.

인정을 갈구하는 가여운 내 마음속에 손을 내밀어
'충분히 잘하고 있는 나'를 꺼내주세요.
그리고 힘껏 안아주세요.
겸손한 마음으로 단단하게 익어갈 수 있도록.

인생의 ── 표면장력

해낼 수 있는 나와 해낼 수 없는 나 사이에서
오늘을 살아가는 우리들.
혹시라도 실수하는 건 아닐까 두려워
잔뜩 긴장한 채 걸어 나갈 때면
어쩌면 산다는 건
인생의 표면장력 위를 걷는 것 같습니다.

어린 시절, 올챙이와 개구리를 잡으며 놀 때 봤던
'소금쟁이'
모기 사촌쯤으로 보이던 비리비리한 모습 때문인지
소금쟁이는 늘 우리의 관심 밖이었습니다.

하지만 물 위를 사뿐거리며 요리조리 옮겨 다니던
모습만큼은 기억합니다.
남들의 무관심 따위 아무래도 상관없다는 듯
자신만의 길을 유유히 걸어갔지요.
천둥벌거숭이 아이들과 천적들 사이에 있어도

버둥거리지도, 가라앉지도 않은 채.
어째서 인간은 위태위태한 환경에도
아랑곳하지 않는 소금쟁이처럼
이 생生을 유유히 건널 순 없는 걸까요?

화려하지도, 특별해 보이지도 않지만
두려움 없이 내딛던 가벼운 걸음으로
자신만의 길을 걸어가던 소금쟁이.

우리도 현실의 무게를 분산시켜
걱정과 실망에 허우적대지 않으면서
사뿐히 인생을 걸어가자고요.
소금쟁이처럼요.

아무것도 하기 싫은 날엔

아무것도 하기 싫은 날이 있습니다.

웃을 힘도 없고
놀기도 귀찮고
수다 떨기도 싫고
누굴 만나긴 더더욱 싫은 날.

무료함을 이겨 내고자
핸드폰을 만지작거려 봐도
이마저도 다 지겹기만 한 날.

아무것도 하기 싫은 날을 그저 인정해 주면 되는 것을
내심 이런 상태가 편치 않기도 합니다.
이번 주말엔 뭐라도 해야겠다며 다짐해 보지만
내 몸은 생각이 다른지
정신을 차려보면 이미 일요일 저녁이 되어 있죠.

곡선으로 자라는 사람도 있다

어른 행세를 하느라 지친 걸까요?
아니면 어른이 되지 못해 지친 걸까요?

별수 있나요.
이런 하루도 있으면 저런 하루도 있는 거죠.
그저 충전이 필요한 것뿐이에요.

아무것도 하기 싫은 마음에겐
아무것도 하지 않을 내가 필요하니까.

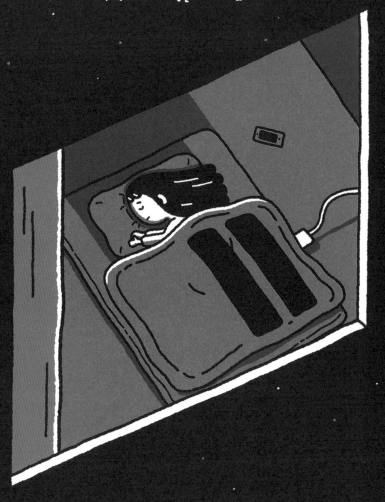

유난히 과정이 ―― 긴 당신에게

봄이 오고 꽃이 피려면
뜨거운 여름과 모든 걸 내어주는 가을,
그리고 모든 걸 빼앗길 수도 있는
혹독한 겨울을 반드시 보내야 합니다.

인간보다 지혜롭고 위대한 자연조차
꽃 한 송이 피우려 그 모든 시간을 기다리고 견뎌 냅니다.
그러니 유난히 남들보다 과정이 길어 지쳐간다면
나 자신을 믿어주세요.

비록 늦더라도
반드시 찾아오는 봄처럼,
'나'라는 꽃이 활짝 필 '때'는 반드시 옵니다.
어쩌면 기다리는 것보다
자신을 믿는 게 더 어려운 건 아닐까요?
혹시 이 과정의 끝이 실패일까 봐 두려운가요?

누군가 그랬죠.

실패는 '했다는 증거'라고.

우리는 수많은 증거의 증인이 될 것이며

결국 모든 과정이 만개한 꽃이 되어

우리의 인생을 증명해 줄 거라고 믿어요.

그러니 유난히도 긴 과정을 지나고 있다면,

나답게 피어나기 위한 시간일 테니

오늘이라는 하루를 성실히 살아갑시다.

내가 활짝 피어날 그 '때'를 소망하며.

고운
生生에게

언젠가 만났던 폐지를 줍던 할머니의 모습이
종종 떠오릅니다.
바쁜 아침의 사람들, 그렇게 부산한 거리 속을
어스름한 저녁처럼 앉아 계셨던 할머니는
길가에 핀 꽃을 연신 어루만졌습니다.

곱다는 말과 함께.

내세울 것 없는 길가지만 곱게 피어난 꽃을 보면서
피어보지도 못한 채 시들어야만 했던,
만개滿開의 꿈을 품었을 꽃봉오리에게
하고 싶은 말이 있어서였을까요.

아니면 애석하게 흘러간 세월을 떠올리며
그 누구도 아닌 스스로에게
담담한 칭찬을 해주고 싶어서였을까요.

듣는 이 하나 없는 칭찬에
어느 누가 알아줄까 싶지만
꽃들은 알겠지요.
모두 다 고운 생이었음을.

아마도 그날 할머니는
모진 세월을 막아 낸 고운 청춘을,
삶을 위해 움츠려야만 했던 시간들을
활짝 피어난 꽃봉오리에 비추며
이제나마 느끼고 있었던 걸지도 모르겠습니다.

어른도
자랄 수 있다,
그리고
잘할 수 있다

시작을 망설이는 당신에게

여러분은 무언가를 시작할 때 설렘이 앞서나요?
두려움이 앞서나요? 제 시작은 설렘과 두려움으로
늘 소란스러웠습니다. 좋아하는 일이라고 해서
두렵지 않은 건 아니니까요.

때론 시작이란 깜깜한 현실로 더 깊이 들어가는 동굴
같습니다. 마음이 아득해질 때면 포기하고 싶다가도
지금까지의 노력이 아까워서, 혹시 모를 기대 때문에
꾸역꾸역 그 길을 걸어갑니다. 오래전 결심을 원망하면서.

'원더 윅스Wonder weeks'라는 말이 있습니다. '존재통'이라고도
불리는 이 말은 아기가 더 이상 엄마 뱃속이 아니란
사실을 깨닫고 밤낮없이 울고 보채는 현상이라고 합니다.
새로운 시작의 기쁨과 설렘보단 두려움과 혼란이
더 강렬하기 때문이지요. 이런 모습이 안쓰럽게
느껴지지만 아이러니하게도 바로 이때가 신체적으로도
정신적으로도 아기가 급성장하는 시기라고 합니다.

삶은 성장통의 연속입니다. 나라는 존재를 증명하기
위해 끊임없이 견뎌내야 하니까요. 저는 저를 증명하기
위해 한동안 공허함으로 혼란스러운 시간을 보냈습니다.
돈이 되지도 않고, 아무도 모를 그림을 포트폴리오라는
이름으로 평일이고 주말이고 종일토록 그렸습니다.
이런저런 기법을 시도해 보기도, 새로운 그림체를
그려보기도 했지만 마음처럼 그려지지 않을 땐
새로워지기엔 낡고 지친 손이 원망스러웠습니다. 마치
막막함과 두려움을 그리는 것 같았지요.

그럴 땐 펜과 종이를 들고 밖으로 향했습니다. 그리곤
서점에서, 공원에서, 카페에서 익숙한 풍경을 보며
낙서를 했습니다. 그렇게 한동안 낙서를 하고 나면
어쩐지 요란했던 마음이 가라앉았습니다. 특별하지도
대단하지도 않은 이 가느다란 펜 선이 복잡하게 꼬여있는
마음에 길을 내어주는 것 같았습니다. 오늘의 삐뚤거리는
선들이 모여 내일의 면이 되듯 오늘의 서툰 내가 모여
내일의 가능성이 되어줄 거라는 듯. 하릴없이 낙서를
하던 그 시간이 두려움을 이겨낼 수 있는 밑거름이
되어주었습니다.

그래도 여전히 시작은 두렵습니다. 그저 저마다의
방법으로 다음을 향할 뿐이지요. 좀처럼 떨어지지 않는
발걸음에 실망하는 날도 있을 겁니다.

그럼에도 불구하고 새로운 시작은 흐릿한 현실을 분명한
꿈으로 더 가까이 다가갈 수 있게 할 거예요. 원더 윅스를
견뎌낸 아기들처럼 말이죠. 당신의 시작에 두려움이
전부는 아니니까요.

예민해서 ──── 다행입니다

저는 예민한 편입니다.

그래서인지 관찰력도 좋은 편입니다.

살짝만 봐도 문고리 생김새부터

형광등 개수까지 기억하는 탓에

이사를 가기 위해 집을 보러 다닐 때면

엄마는 항상 저를 데리고 다녔습니다.

눈치도 빠르다 보니 선물을 할 때면

종종 센스 있다는 말을 듣기도 하고

어딘가를 갈 때면 상대가 필요했던 것을

기억했다 준비해 가기도 합니다.

하지만 가끔 이런 예민함이 너무 피곤합니다.

타인의 감정을 잘 느끼는 탓에 상대의 마음을 살피느라

막상 내 감정이 녹초가 되기도 합니다.

그러면서도 사람들과 어울리는 걸 좋아하다 보니

모임에선 예민하지 않기 위해 더 예민해져야 했습니다.

그런 날은 집으로 돌아와 긴장으로 소모된 감정을
짜증으로 채우곤 했지요.
어떤 감정이든 편히 받아들일 수 있으면 좋으련만
그러기엔 무른 마음에 자꾸만 날을 세우게 됩니다.
마치 삭막한 사막에서 스스로를 보호하기 위해
가시를 세운 선인장처럼요.
그 가시 때문에 마음 편히 앉지도, 눕지도 못할 땐
상처받는 게 나을지도 모르겠다는 생각이 들기도 합니다.

그럴 땐 푸르고 넉넉한 잎사귀들이 부럽습니다.
무던한 마음들이 더없이 부럽습니다.
선인장같이 뾰족한 가시 대신
내게도 저런 잎사귀가 있었으면 하지요.
이 가시가 선인장의 잎사귀라는 것도 모르고.

선인장의 가시는 건조한 사막 속에서
물을 보관하며 살아가기 위해
잎사귀가 점점 작아지고 가늘어지다
가시가 된 것이라고 합니다.
메마른 사막에서 스스로를 지키기 위해
예민함을 자처한 것이지요.

세상은 보이는 것보다 더 혼란스럽고
들리는 것보다 더 소란스럽습니다.
그 속에서 남들보다 더 많은 것을 보아야 하고
남들보다 더 많은 것을 들어야 할 땐
몇 배의 감정이 더 소모됩니다.
넉넉한 마음이 부럽다며 척박한 마음을
덜컥 들였다간 속절없이 말라버렸을 겁니다.

이 거친 세상에서 메마르지 않고 살아가기 위해
가시가 되어준 예민함.
누군가에겐 그저 피곤하고 별난 모습이겠지만
예민했기에 내 마음을 지킬 수 있었고
예민했기에 누군가의 마음도 보듬을 수 있었겠지요.
이제는 예민하다는 말을 들을 때면 생각합니다.

예민해서 다행이라고요.

우리들은 자란다

언제부턴가 자연스럽게 따라붙은 호, '어른'.

어른으로 불리면서부터
'그럴 수 있는' 실수는 '그럴 수 없는' 실수가 되어버렸고,
모두가 물었던 꿈은
스스로에게도 물을 수 없을 만큼
막연한 꿈이 되어버렸습니다.

더 자랄 수 있는데
잘 자랄 수 있는데
햇볕은커녕 하늘이 막힌 것 같은 현실에
체념 섞인 위로를 해보지만
더 자라고 싶은 마음은
공기처럼 주변을 맴돌기만 합니다.
결국 내 능력이 모자란다고,
형편이 척박하다고 단념하곤 하지요.

그런데 어쩌면 이런 생각이
더 이상 우리를 자라지 못하게 하는 건 아닐까요?

다 자랐다고,
더 자랄 수 없다고 생각했지만
천천히 그리고 꾸준히 햇볕을 향하다 보면
어른인 나도 자랄 수 있지 않을까요?

무성히 자라난 물음에
오늘을 밝히던 햇볕이 답합니다.

넘어지고 실수하고 후회하더라도
자라는 게 일인 양
당당하게 자라던 어린 시절의 그때처럼
잘 이겨내며 자랄 수 있을 거라고.
자란다는 건 그런 거니까요.

그러니 어른도 자랄 수 있습니다.
그리고 잘할 수 있습니다.

천천히 그렇게 꾸준히 햇볕을 향하다 보면
조금은 느리더라도
어른인 나도 자랄 수 있지 않을까?

어딘가 ─── 고장 났을 때

누군가 그랬다.
마음이 고장 난 것 같다고.
기쁨도 슬픔도 느껴지지 않고
나사 빠진 사람처럼 한 템포씩 뒤처지는 것 같다고.
이 험한 세상에서 살아가는 것도 벅찬데
먹어가는 나이가 무색하게 마음은 고장 나기 일쑤라고.

고장 난 마음은 애정을 밀어내고 외로움을 자처하지만
외로움은 그리움이 되어 마음 곳곳에 녹슬어버린다.
나로 살고 있지만 여전히 내가 누구인지 모르겠고
원대했던 목표와 꿈은
지겨움과 무력함이 대신한 지 오래되었다.

그래도 삐걱거리며 오늘을 살아보지만
나아가지 않는 발걸음은 허망함이 되어 마음에 꽂힌다.
그렇게 고장 난 마음에 상처 하나가 늘어난다.

몸도 고쳐 쓰는데 마음이라고 다를까.
몸이 고장 나면 병원에서 약을 지어오고
좋은 것을 먹고 한숨 푹 자고 나면 나아지 듯
마음이 고장 났다면
좋은 사람들과 맛있는 것을 먹으며
영양가 하나 없는 시답잖은 이야기에 낄낄거리다
한숨 푹 자고 나면 나아있겠지.

아침, 점심, 저녁 약을 삼키듯
좌절 대신 웃음을 삼키고
상처 난 곳엔 덤덤한 위로를 바르면 되겠지.

그래, 그때그때 고쳐 쓰는 수밖에.
물론 아문 상처들에 흉은 남겠지만
그건 좋아졌다는 증거니까.

이겨냈다는 증거니까.

마음, 안녕한가요

우울증이나 공황장애로 치료를 받는 지인들이 꽤
있습니다. 가끔은 밝은 사람이니 잘 지낼 거라고 확신했던
사람들의 슬픈 소식을 들을 때도 있습니다. 밝고 명랑한
모습 뒤로 아무도 모르게, 홀로 슬픔을 삼켰을 모습을
생각하면 마음이 아픕니다.

저도 몇 년간 마음의 감기를 앓았던 때가 있었습니다.
아침에 눈을 뜨면 이 공간이, 이 공기가, 이 세상이
날 찍어 누르며 땅속으로 끝없이 잡아당기는 기분과
과호흡. 매일 밤 악몽과 가위에 눌리며 눈물과 끔찍한
생각에 시달리다가도 웃으며 출근 인사를 하던 나날의
연속이었지요. 결국 쌓인 과로 때문에 실신을 시작으로
휴직을 하고는 몇 차례 수술까지 받은 뒤 복직을 하고
정신없이 살아냈지만 결국 퇴사를 할 수밖에 없었습니다.
당시 사내 직원 케어를 해주던 상담사가 가면 우울증이
심한 것 같다며 치료를 권했는데, 타고난 미련함으로
치료는커녕 잠은 더 줄이고 일은 늘려갔습니다. 힘든

업무도 씩씩한 척, 어려운 일도 괜찮은 척 그럼 나아질
거라는 착각을 하며 나 자신을 혹사했지요.

인생이란 망망대해를 항해하다 보면 암초도 만나고
파도도 만나지만 정작 배 밑창에 난 작은 구멍으로
배가 침몰하고 있다는 걸 모를 때가 있습니다.
잘 알고 있다고 생각했지만 모르고 있던 내 마음.
남의 감정엔 그토록 공감하고 남의 상처는 그리도
잘 보듬으면서 정작 내 감정과 상처는 왜 방치했던
걸까요? 어쩌면 우리는 스스로에게만 엄격한 건
아닐까요?

배가 무거워지지 않게 밑바닥에 붙어있는 따개비를
떼어내듯 마음이 무거워지지 않게 오늘 하루 붙어있는
근심을 떼어내고, 바닷물이 새어들지 않게 구멍을 메우고
칠을 하듯, 슬픔이 새어들지 못하게 이해로 채우고 위로를
칠해야 합니다.

내일도 안녕할 우리의 마음을 위해.

오늘도 안녕한 마음 되세요.
(安寧: 아무 탈 없이 편안함)

나를 지켜내는 시간

무너지는 내 모습이 견딜 수 없을 땐
회사에서 제법 멀리 떨어진 카페에서
홀로 점심을 먹곤 했습니다.
불편한 거리만큼 마음은 편안했고
요동치던 생각도 조금은 잠잠해졌지요.
점심값이 평소보다 많이 나와도
나를 지켜낸 값이라고 생각했습니다.
이 모습을 보며 누군가는 답답한 시간 낭비라고,
누군가는 부딪혀 싸워 스스로를 지키라고
말하기도 합니다.
하지만 그 누구도 없는 곳에서
아무것도 하지 않던 그 시간이 있었기에
나는 나를 지켜낼 수 있었습니다.

꼭 무언가를 해야 할 필요는 없습니다.
대단하거나 그럴싸해야만 방법이 되는 것도 아닙니다.
내 마음이 가장 평온한 방법을 택하면 될 뿐이지요.

어쩌면 그게 그 어떤 것보다도 나를 지켜줄 든든한
울타리가 되어 줄 테니까요.

복잡하게 생각할 필요가 있을까요?
전쟁 같은 세상에서 나 자신을 지켜내는 방법이
단 하나라도 있다는 게 중요한 거죠.

누군가는 한적한 카페에서
누군가는 소란스러운 거리에서
누군가는 흔들리는 버스에서
아무도 모르게 마음을 다독이며
나를 지켜내고 있을 테니까요.

방법이 서툴러 제대로 지켜내지 못했더라도
불안해하거나 자책하지 마세요.
오늘의 끝에서 밤을 맞이했다는 건
나 자신을 지켜냈다는 증거니까요.

완벽을 사랑한
모자란
마음에게

서점에 즐비하게 놓인 책을 보고 있으면
세상이 참 많이 변했다는 걸 느낍니다.
열정 없으면 인생 잘못 살고 있다는 듯
뜨겁게 목소리를 내던 책들이 놓였던 자리엔
언제부턴가 힘 빼고 자연스럽게 흘러가듯 살자는 책들이
대신하고 있으니 말이에요.

퇴사를 하고 나만의 길을 가기로 결심했을 땐
남들보다 늦고 부족해도 괜찮을 거라고 생각했습니다.
하지만 시간이 흐를수록 벌어지는 틈으로
불안함과 조급함이 밀려들기 시작하면서
완벽을 향한 선망은 커져갔습니다.
동시에 동기들의 이런저런 소식을 듣거나
현실의 벽에 홀로 부딪힐 때면 쓸쓸히 가라앉곤 했습니다.

흠이 없는 구슬, 완벽完璧.
하지만 진짜 보석은 그 안에 '흠'이 있다고 합니다.

이 흠을 품고 갈고닦을 때 완벽한 보석이 되어
저마다의 빛을 내게 되는 것이지요.

모자란다고 생각했던 건,
부족하다고 생각했던 건,
어쩌면 내 동경이 만들어 낸
정말 '모자란 생각'은 아니었을까요?

그러니 완벽을 동경하지도,
내 모자람에 매몰되지도 말고
지금 내 모습을 품고 또 누군가의 마음도 품으며
저마다의 인생을 밝혀봅시다.

우린 모두 다 빛나고 있으니까요.

여행을 떠나는 이유

매일 누군가로부터 주어진 일만 하다 보면 점점
희미해지는 내 모습에 마음이 가빠집니다. 이럴 때 여행은
우리의 마음이 숨 쉴 수 있게 틔워주지요. 눈치 볼 필요도,
날을 세울 필요도 없는 곳에서 때론 하릴없이 늘어져
세상에서 가장 보람 있게 시간 낭비를 합니다.

하지만 '따르는 삶'에 익숙해진 어른들은 오롯이 스스로
꾸려야 하는 하루에 낯설고 때론 피곤해집니다. 말이
통하지 않는 곳이라면 겁이 나기도 하고요. 그래서 혼자
떠나는 여행일수록 용기가 필요합니다. 어느 곳으로
떠날지, 무엇을 준비해야 할지, 어떻게 가야 할지, 매 순간
집중과 선택을 요하죠. 이 시간만큼은 내 마음이 이끌고
내가 좋아하는 곳으로 향하게 해줍니다. 그래서 여행은
여행지가 아닌 나를 알아가는 여정이라고 하나 봅니다.
물론 서툴고 예기치 못한 사건을 겪다 보면 후회가 밀려
오기도 합니다. 그럼에도 우리는 여행을 떠납니다. 길을
잃고 헤매다 찾아낸 황홀한 풍경을 바라보면서 모험 같은

하루의 끝에서 묘한 뿌듯함을 느낍니다. 서툰 실수와
고단한 초행길이 선물해준 성취감은 사라져버린 자신감과
자존감을 채워줍니다. 때론 이 성취감을 통해 흐릿해진
내 모습을 발견하기도 하지요.
여전히 좋아하는 게 많은 내 모습을, 여전히 용감할 수
있는 내 모습을, 스스로 해낼 수 있는 내 모습을 말이죠.

저는 용기가 필요할 때 여행을 떠납니다. 고달플지라도,
두려울지라도, 생각과는 다를지라도 떠날 수 있음에
감사하며 홀로 낯선 길에 오릅니다. 내가 이끄는 하루를
잊지 않기 위해. 그러고 보면 여행은 인생과 참 많이
닮았습니다. 수많은 인연과 장소를 만나겠지만 이 모든
것들이 내게로 가는 발걸음일 테니까요. 설령 아무것도
느끼지 못하고 창피한 실수와 고단한 기억만 남더라도
이 또한 지나고 나면 그 어느 때보다도 용감하게 나를
향하던 시간이었음을 알게 될 겁니다.

그게 여행이고, 그게 인생일 테니까요.

어느 성실한
고백

늦은 밤, 마감을 마치고 모니터를 멍하니 바라보다 보면
내가 하는 업이 내가 가진 재능이 맞는지 의구심이
들 때가 있습니다. 그런 물음을 따라 지난 시간을
되돌아보면 더 깊이, 더 분명하게 깨닫는 것이 있습니다.

저의 재능은 그림이 아닌 '근면'이었음을요.
영리하게 빠른 길을 찾아서 걷는 사람들과 달리
남들보다 걸음이 느린 제게 근면은
저 멀리 희미하게나마 빛나는 등대였습니다.

그림을 시작했을 때 지루한 선 연습을 마칠 수 있게
해준 것도, 샛별을 보며 퇴근해야 했던 직장 생활을
버틸 수 있게 해준 것도, 포기하고 싶은 순간마다 마음을
다잡으며 계속 걸어가게 해준 것도 화려하진 않지만
유일했던 '근면' 덕분이었으니까요.

하지만 근면한 이에게도 위로가 필요한 순간이 옵니다.

그럴 땐 장항준 감독의 말을 떠올립니다. 수많은 히트작을
쓴 김은희 작가에게 사람들은 타고난 재능이라며
부러워하지만, 매일 24시간 중 평균 17시간을 꼬박 앉아
글을 쓰는 그녀를 보며 이런 생각이 들었다고 합니다.

'근면함을 이기는 재능은 없다.'

융통성 없는 근면함을 향한 의심이 위로를 받는
순간이었습니다. 때론 고여 있는 것 같고, 고여 있다
못해 뒤처지는 것 같은 이 낡은 정답 뒤로 불안함을
다독여주던 부지런한 마음.

지금 이 순간 아무도 보지 않는 곳에서
홀로, 꾸준히, 성실히
하루하루를 살아내고 있을 누군가에게
꼭 해주고 싶은 말이 있습니다.

당신의 근면이라는 재능은 누구보다 빛나고 있다고,
그리고 그 빛은 어떤 재능보다 굳건한 등대가 되어
당신의 앞날을 환하게 비춰줄 거라고요.

내 마음을 마중하는 법

힘겨운 시간을 보내고 있는 누군가의 이야기를 들을 때면
마음이 무겁습니다. 아픈 줄도 모른 채 이 버거운 시간을
지내는 이들이 참 많습니다. 물론 모두의 상황이 같을 수
없지만 제가 그 시간을 견뎌낼 수 있었던 방법을 떠올려
봤습니다.

① 걷는다

산책이라고 하기엔 몸을 끌고 가듯 허송세월 걸었습니다.
그렇게 아무 생각 없이 걷다 보면 눈에 보이는 것들이
미약하게나마 '감정'을 다시 느끼게 해주었지요. 생각할
의지도, 마음도 없던 제게 이 걷는 시간은 생각보다
큰 환기가 되었습니다.

② 밤에는 잔다

지친 마음에는 회복의 시간이 필요합니다. 밤이 무서운
이유는 이 회복할 시간을 빼앗아가기 때문입니다. 선명해
보이는 오전의 감정은 외로운 감성이 되어 더 불안하고

우울한 마음속으로 빠지게 만듭니다. 그러니 건강하지
않은 몸과 마음이라면 힘들겠지만 밤엔 자고 낮엔
깨어있어 봅시다.

　③ 대인관계에 덤덤해진다
나를 마주할 기력조차 없었기 때문에 아무도 만나고 싶지
않았지만 이런 마음을 알 리 없는 상대는 늘 서운하다
했습니다. 그래서 때론 날카로운 말을 들어야 할 때도
있었지요. 하지만 그럴수록 덤덤해야 합니다. 이기적인 게
아닙니다. 사실 중요하지도 않습니다. 구구절절 타인의
마음을 헤아려줄 마음의 공간이 없으니까요. 많은 친구가
있어도 정작 나와 친구가 될 수 없다면 그것만큼 무의미한
게 또 있을까요? 내 곁에 남게 될 사람들은 결국 내 곁에
남게 마련입니다.

　④ 비교하지 말자
불행조차 비교하며 본인의 불행을 더 불행하게 꾸미는
경우가 있습니다. 인생이란 모두 다 다르기에 비교하는
마음은 사실 의미가 없습니다. 나의 슬픔도, 나의 감정도
오롯이 마주해야만 비교하는 마음에서 온전히 벗어날 수
있습니다. 기쁨이 있듯 슬픔의 존재도 자연스러운 것임을

받아들이며 말이죠.

⑤ 다시 나를 알아가자

병원에 가면 의사 선생님이 이곳저곳을 진찰해야 치료를
할 수 있듯 안다는 것이 중요합니다. 저는 주로 혼자 떠난
여행지에서 다시 저를 알아갔습니다. 누구 눈치 볼 필요
없이 그냥 발길 닿는 대로 가다 보면 내가 뭘 좋아했고,
어떤 것에 흥미가 있었는지 어렴풋이나마 보였습니다.

⑥ 일기의 힘

유치원 때부터 쓰기 시작해 어른이 되어서도 종종 써온
일기에는 잃어버린 내 모습이 빼곡하게 담겨 있습니다.
나를 놓친 채 안개 낀 길목에서 주저앉아 있던 오늘의
나에게 그 시절의 내가 위로해 주는 기분이랄까요?
연필로 꾹꾹 눌러 담아낸 글씨는 조금 희미해졌지만
꽤 분명한 이정표가 되어 주었습니다. 새삼, 기록의 힘을
느낍니다.

⑦ 실패는 없다

세상만사 완벽한 사람은 없습니다. 완벽해 '보일' 뿐이지요.
실패의 늪에서 겨우 빠져나온 뒤에도 다시 이 실패가

반복되지 않을 거란 보장은 없지만 만약 그렇더라도
낙심하진 않을 겁니다. 내 마음을 마중 가는 길에 실패는
없으니까요.

아킬레스건

그리스 신화 속 아킬레우스는
전쟁 중 발뒤꿈치에 독화살을 맞아 죽습니다.
용맹한 전쟁 영웅조차 맥없이 죽게 만든
치명적인 약점, 아킬레스건.

발뒤꿈치의 힘줄인 아킬레스건은
걸음을 지탱해 주는 중요한 역할을 하지만,
다치는 순간 치명적인 약점이 되기도 합니다.

누군가에겐 처음일 수도,
누군가에겐 마지막일 수도 있을 오늘이라는 전쟁터.
불안한 마음에 미련하고 엉성한 전략을 펼쳐 들고
하루하루 저마다의 전쟁을 치르며 살지만,

그래도 언젠가 힘껏 달려가겠다며,
그래도 언젠가 멀리 날아 보겠다며,
어렴풋한 희망을 품고 전장을 누빕니다.

하지만 어디선가 날아온 현실이라는 독화살은
더는 달려갈 수 없게, 더는 날아갈 수 없게
어김없이 발목에 꽂히고 말지요.

그게 나의 허물이든, 가족이든, 건강이든,
가치관이든, 놓지 못한 꿈이든, 알 수 없는 나의 길이든…
아무도 모를 저마다의 '아킬레스건'을 파고듭니다.

매번 진절머리 나는 현실의 상처를 딛고 일어나 보지만
회복은 더디고 흉터는 깊어집니다.

하지만 어쩌겠어요.
그저 있는 상처라도 더는 아프지 않게 싸매고
또다시 다쳤을 땐 덜 아프게 준비해 두는 수밖에요.

오늘을 살아가는 내가 버틸 수 있게.

기록의 __ 힘

너무나도 당연했던 마음이 떠오르지 않을 때가 있습니다.

아이처럼 웃어보았던 내 모습도,

그 웃음만큼 용감했던 내 모습도,

도무지 생각나지 않는 날엔

나를 잘 알고 있을 누군가에게 묻고 싶습니다.

그럴 때면 오래된 일기장을 꺼내 봅니다.

같은 하루를 바라보지만

무엇을 보아야 할지 모를 오늘의 시선은

지나간 시간 속의 '나'를 만나 다시금 제자리를 찾습니다.

어쩌면 기록이란

현존하는 최고의 타임머신일지도 모르겠습니다.

차곡차곡 쌓인 기록들은

때론 이 머나먼 여정의 안내서가 되어

소중한 것을 찾아 떠나게 해줍니다.

그리곤 그날의 기억과 감정을 고스란히 가져와
오늘을 살아가게 해줍니다.

짤막한 메모도 좋고, 사진이어도 좋습니다.
책갈피에 말리듯 솔직한 마음을 담아
오늘을 간직하세요.

나의 마음을 잊지 않기 위해
나의 모습을 잃지 않기 위해

나로 살아갈 방향을 잃고 맴돌 언젠가의 마음을 위해
오늘을 새겨봅니다.

언젠가 이 하루하루가 '그 누군가'가 되어
대답해 줄 테니까요.

오늘도 자신만의 공간에서
하루를 지켜냈을 당신.

오늘도 수고했어요.

부드럽게, 슴슴하게

예전에 누군가가 그랬습니다.
10대 때 먹은 걸로 20대를,
20대 때 먹은 걸로 30대를 버티며 살아가는 거라고.

'생각'도 비슷합니다.
오늘의 내 생각이 지금까지 만들어온 가치관과 뒤섞여
미래의 내가 버티며 살아갈 수 있게 해줄 테니까요.

그러니 다양하고 건강한 음식처럼
'다양하고 건강한' 생각을 맛봐야 할 텐데,
언젠가부터 세상은 온통 '매운맛'으로
가득하기만 합니다.

음식도 점점 극단적이고 자극적으로 변해가고
사람들의 표현과 생각도 그렇게 변해갑니다.
슴슴한 시절을 맛보며 자랐던 이들은
이런 세상에 지쳐버렸고,

태어나 보니 세상이 '매운맛'뿐인 이들은
더 자극적이고 극단적인 맛을 원합니다.

맛에는 짠맛, 단맛, 신맛, 쓴맛, 감칠맛만 있을 뿐
매운맛은 맛이 아닌 '통각'이라고 합니다.
매운맛만 계속 먹다 보면 고통엔 무감각해지고
점점 무뎌져 맛을 느끼지 못하게 되는 것이죠.

어쩌면 우리는 팍팍한 세상에 둔해져
'고통스러움'조차 '맛'이라고 착각하는 건 아닐까요?
여러 맛이 조화를 이뤄 만들어낸 슴슴한 음식처럼,
우리의 생각과 마음도 슴슴하게
여유를 가져보는 건 어떨까요?

그 언젠가를 버티며 살아가기 위해 말이죠.

한심한
오늘에게

'한심寒心', 차가운 마음이란 뜻의 단어입니다.
오늘 하루가 한심하게 느껴지는 이유는
아마도 마음이 차가워서일 겁니다.
심장이 차가워지면 뛰지 않듯
마음속 열정도 더 이상 뛰지 않았을 테니까요.

게다가 얼음장처럼 차가워진 마음은
우리의 하루를 얼어붙게 합니다.
모두가 뜨거운 햇살을 향해
더 울창하고 더 튼실하게 자라나는 것 같은데
나 홀로 얼어버린 땅속에 움츠러 있는 것만 같습니다.

하지만 여름이 있으면 겨울이 있듯
뜨거운 마음이 있으면 차가운 마음도 있는 법이지요.
이런 날도 있으면 저런 날도 있고
이런 나도 있으면 저런 나도 있듯이 말이죠.

그리고 무엇보다 중요한 건
서로 다른 열심熱心과 한심寒心일지라도
내 안엔 늘 한결같은 마음心이 있음을
잊지 말아야 합니다.

그러니 부디 웅크리는 마음에 슬퍼하지 마세요.
우리의 마음은 따뜻해지고 있는 것뿐이니까요.
지나치지도 모자라지도 않을 온기로 가득할
내 모습으로 말이죠.

부디 웅크리는 마음에 슬퍼하지 마세요.
우리의 마음은 따뜻해지고 있는 것뿐이니까요.

울어도 — 괜찮아

참 이상합니다.
어떨 땐 냉혈한처럼 눈물이 마른 것 같다가도
어떨 땐 눈물샘이 고장 난 것처럼
눈물이 멈추질 않습니다.

이해할 수 있는 슬픔이 많아지는 게 어른이라지만
이해할 수 없는 내 모습도 많아져서일까요?
그래서 남몰래 눌러 담은 슬픔이 늘어서일까요?

이 슬픔을 쏟아버릴 수 있게
내심 누군가 톡 하고 건드려 주길 바라지만
그 슬픔을 담고 있을 하루까지 쏟아질까
그렁그렁 살아갑니다.
별것 아닌 일들로 물색없는 눈물이 고이다가도
지끈거릴 두통과 퉁퉁 부울 얼굴,
무슨 일 있었냐며 물어올 말들이 지겹다며
눈물을 삼키면서요.

하지만 이 눈물에 넘쳐버린 오늘로
내일의 슬픔이 희미해질 수만 있다면 뭐가 대수일까요?

한번 엎질러진 물을 주워 담을 수 없는 것처럼
쏟은 눈물도 주워 담을 수 없겠지요.
그렇다면 저는 오늘의 슬픔을 눈물로 쏟아내렵니다.
내일이 주워 담을 수 없게 말이죠.

그러니
울어도 괜찮아요.

딴짓의 효용

저는 딴짓하는 걸 참 좋아합니다. 해야만 하는 일을 하게
될수록 누가 시키지도 않은 일을 주저 없이 하려는
그 즐거움을 참을 수가 없습니다. 아직도 조건 없이 즐길
수 있는 무언가가 있음에, 기꺼이 해내려는 열정이 있음에
그저 감사할 따름입니다.

사람을 그리는 걸 좋아하다 보니 좋아하는 연예인이나
유명인이 생기면 캐리커처로 만든 굿즈를 선물할 때가
있습니다. 무작정 연락을 하기엔 제 의도가 다르게
비치거나 부담스러워할 것 같아 오픈된 소속사 주소로
보내곤 하지요. 물론 굿즈의 행방이 묘연할 때도 있지만
그럴 땐 무소식이 희소식이길 바라며 제 마음을 전달한
것 자체를 즐기는 편입니다. 누군가는 이 방향으로 사업을
해보라지만 해야만 하는 일에 질렸을 오른손을 위해
이 일만큼은 영원한 딴짓으로 두고 싶습니다.

가끔은 대회라도 나갈 것처럼 피아노 연습을 할 때가

있습니다. 작업실 한편에 뜬금없이 놓여있는 피아노를
보며 사람들은 기대를 하지만 누구에게 들려줄 만한
실력이 못 되기에 실수를 청중 삼아 연주하곤 합니다.
틀려도 상관없을 마음으로 떠듬떠듬 연습을 한 덕분인지
제법 매끄럽게 이어질 때면 묘한 성취감을 느낍니다.

회사를 다니던 시절, 누구나 그렇듯 매일매일 비슷한
하루의 연속이었습니다. 그러면서도 눈코 뜰 새 없이
바쁜 업무로 분주하면서도 무료한 현실의 간극을 채워줄
무언가가 필요했지요. 회의 시간에 다이어리 귀퉁이에
무의식적으로 그렸던 빗금처럼요. 저의 딴짓은 동료들을
몰래 그리는 것이었습니다. 장난처럼 그린 그림들로
동료들과 우스운 농담을 하며 그 틈을 채웠습니다.
쏟아지는 업무로 이마저도 여의치 않을 땐 토막글로
답답한 마음을 메모장에 적었습니다.

동료들 중엔 누구보다도 열심히 딴짓을 하는 사람들이
있었습니다. 점심시간을 비워 요가를 배우는가 하면,
퇴근 후 사진을 찍는 동료도 있었습니다. 주말이면
빵을 굽던 동료는 넘치는 빵을 사람들에게 나누기도
했습니다. 실력도, 월급도, 진급도 신경 쓰지 않아도 될 오로지 즐거움 하나만으로 딴짓을 해내던 사람들. 그렇게 요가를 배우던 동료는 요가 강사가, 사진을 찍던 동료는 사진작가가, 빵을 굽던 동료는 베이커리 사업을 하는 CEO가 되었습니다. 그리고 저는 사람들을 그리고 그 마음을 글로 담아내는 작가가 되었지요.

먹고사는 일과는 전혀 관계없는 행동. '딴짓'. 어설픈 취미라고 불러도 좋고 의미 없는 시간이라고 여겨도 좋습니다. 실패해도 두렵지 않을 마음이라면 아무래도 상관없습니다. 어쩌면 그 어설픈 딴짓 덕분에 수많은 할 일 가운데서도 나를 잃지 않고 내게로 향할 수 있었을 테니까요. 그날의 딴짓들이 지금의 저를 만들어주었듯 말이죠.

하고 싶은 일보단
해야만 하는 일이 늘어가는 어른의 삶.
그 삶 속에서 나를 지키기 위해
오늘도 딴짓을 합니다.

청소를 ——— 합니다

미니멀리즘.

언제가 유행했던 이 삶의 모양은

채우는 것이 본능인

우리의 바람이 만들어 낸 말 같습니다.

하지만 비운다는 건 쉬운 일이 아닙니다.

보잘것없어 보여도 내겐 의미가 있는

이 작은 것들을 매몰차게 버린다는 건

마치 내 추억을 외면하는 것 같으니까요.

게다가 하루 종일 주어진 업무를 해치우고 나면

이 작은 방조차 치울 의지가 사라지기도 합니다.

그러다 보면 방 이곳저곳엔 뿌연 먼지들이

근심처럼 쌓여갑니다.

쌓인 근심에 가려진 의욕은 점점 무기력해지면서요.

나의 공간이 점점 비좁아질수록 마음의 여유는 사라지고

사라진 자리 위로 슬픔이 몸을 누입니다.

저는 어릴 적부터 청소와 정리를 좋아했습니다.

친구네 놀러 가면 친구 방을 청소할 정도였으니까요.

사람마다 스트레스를 푸는 방법이 있겠지만

깨끗하게 정리된 방을 보면

왠지 제 마음도 정리가 된 것 같았습니다.

신은 공평하게도 걱정하길 좋아하는 제게

청소를 좋아하는 마음을 주신 것 같기도 했지요.

내가 바꿀 수 있는 건 아무것도 없는 상황에서

엉망이 된 마음을 가장 정직하게 바로잡으며

가장 빠르게 스스로 바꿀 수 있는 것이 바로

청소였으니까요.

고된 프로젝트가 끝나면 방 청소를 합니다.

방을 엎는다는 표현이 맞을 정도로

이곳저곳 쓸고 닦습니다.

장롱의 옷을 죄다 꺼내고 입는 옷과 입지 않는 옷을 가려내

필요한 사람들에게 나눠주거나 중고장터에 올리며

가장 필요 없는 것부터 차근차근 비워나갑니다.

어쩌다 추억 상자를 열어버리면 청소는 더 길어집니다.

오래전 낡은 사진과 편지들을 보면서, 어른이 된 내 모습에

가려졌을 어린 마음을 발견해 내기도 합니다.

그렇게 필요 없는 물건을 버리고 쌓인 먼지들을 닦다 보면
불필요한 마음도, 쌓였던 근심도 사라지는 것 같습니다.
빼곡한 물건이 정리된 자리만큼 마음의 여유가
생기면서요.

그래서일까요? 청소를 하고 나면 몸은 피곤해도 마음은
상쾌해집니다. 보이는 대로 생각하고 힘을 얻는 걸 보면
사람이란 복잡하면서도 단순한 존재 같습니다.

물론 매일매일 청소를 하자는 건 아닙니다. 가끔은 편히
있을 때 스트레스가 풀리기도 하니까요. 하지만 쌓인
먼지가 내려앉아 합선으로 불이 날 수 있는 것처럼,
슬픔에 빠지거나 우울할 땐 나의 공간에 쌓여있던 먼지와
걱정들이 슬픔을 더 깊어지게 할 수 있습니다.

그러니 마음이 우울할 땐
몸을 일으켜 청소하기를 권합니다.
슬픔의 유일한 치료제는 행동이라는 말을 기억하면서.

꽃망울이 고개를 드는 봄이 왔습니다.
겨우내 묵은 살림과 의미 없을 걱정들을 털어버리기 위해

이번 주말, 봄맞이 청소를 해볼까 합니다.
여유로운 마음으로 이 봄을 맞이하며
마음에도 이 여유로움을 나눠주고 싶습니다.

시간의 유통기한

열 번의 일 초.
그 열 번이 여섯 번씩 모여 만든 일 분.

그 일 분이 육십 번을.
그 육십 번이 스물네 번을.

그리고 그 스물네 번이 한 달을.
그렇게 열두 번이 모여 만든 일 년 365일.

꾸역꾸역 반복되는 모습에
하루하루는 느리게 흘러가는 것 같지만
세월은 쏜살같이 흘러갑니다.

때론 정성으로
때론 책임감으로
그렇게 사랑으로 만든 이 시간이
언제까지 한곳에 담길까.

언제까지 한세월 안에 담길 수 있을까.

우리의 마음은 기약이 없지만
저마다 삶의 기한은 다를 테니,

사랑합시다.
싸우고 후회하고 또 싸우더라도.
사랑합시다.

우리라는

이름의

다정

함부로 말하지 않는 입

입은 쓰임이 많습니다.

숨을 쉬고, 음식도 먹고, 자신의 생각을 나누지요.

진심 어린 말은 희망의 씨앗이 되기도 합니다.

때문에 많은 사람들이 말에서 위로를 받습니다.

하지만 상처가 되는 말의 씨앗이

심어질 때도 있습니다.

함부로 내뱉은 말은 마음속 깊이 뿌리를 내리고

생각을 메마르게 합니다.

같은 부서의 상사였던 A는

말하기를 좋아하는 사람이었습니다.

떠오르는 말을 함부로 내뱉곤 했지요.

앞에 걷는 직원을 보면 몸매를 평가하고

임신한 직원과 사이좋게 대화를 하다가도

뒤돌아서면 누군 임신할 줄 모르냐며

상상하지도 못할 말을 하곤 했습니다.

자신의 생각을 진실처럼 왜곡해
사람들 사이를 이간질하기도 했지요.
때문에 근거 없는 소문의 고통은
동료들의 몫이었습니다.

A는 너무 많은 이들의 마음에 상처를 심었습니다.
상처는 자라 갈등을 틔우고
괴로움을 피우다 자괴감을 맺었습니다.
아무것도 심을 수 없을 만큼 피폐해진 마음에
저를 시작으로 동료들은 줄지어 퇴사를 했습니다.
그 마음이 회복되기까지 얼마나 많은 시간이,
얼마나 많은 아픔이 따라야 했는지 A는 알지 못할 겁니다.

하지만 나 또한 사람이기에
함부로 말이 나올 때가 있습니다.
그럴 때면 A를 떠올립니다.

그리곤 다짐합니다.
누군가의 마음에 함부로 상처를 뿌리지 않겠다고,
누군가의 마음에 함부로 슬픔을 심지 않겠다고,
그리고 누군가의 인생을 함부로 거두지 않겠다고.

그리곤 소망합니다.

내 말이 지친 누군가의 마음 밭에서 봄처럼 피어나

곁을 내어줄 수 있기를요.

그렇게 입 안을 맴도는 말을

한 번 더 되새겨 봅니다.

다정함이 필요할 때

우리는 한 살 터울의 남매입니다.

어릴 적부터 서로 우애가 참 좋았지요.

저는 열정이 많은 만큼 겁도 많고

단단해 보이지만 여린 마음에

상처받거나 실수할 때면 한없이 주눅 들었습니다.

그는 그런 저를 묵묵히 다독여주곤 했습니다.

그럴 때면 스스로 위로할 줄 모르는 가여운 제게

신이 자상한 오빠를 보내주신 것 같았죠.

그는 다정한 사람입니다.

그를 보면 다정함이 세상을 구한다는 말을

실감하곤 합니다.

입시에서 떨어져 온갖 말들로 상처받았을 때도,

어려운 집안 형편 가운데 재수를 했을 때도,

회사에서 혹사당하느라 아프고 싶지 않았지만

아파야만 했던 휴직 기간에도,

그러다 준비 없이 시작된 프리랜서로 불안함과 싸우다

자괴감에 빠지고 우울함에 파묻힐 때도
그 수렁에서 건져주었던 건 늘 오빠의
다정함이었으니까요.

시련이 사람을 강하게 해준다는 말이 있습니다.
하지만 저를 강하게 만들어줬던 건 다정함이었습니다.
때문에 누군가 지금까지
버틸 수 있었던 힘의 원천을 묻는다면
꿈을 향한 열정도, 답답할 만큼의 인내심도,
성실한 근성도 아닌
다정함이었다고 말할 겁니다.

다정함이란 가장 겸손한 사랑의 형태라고 합니다.
언제부턴가 저는 거울을 보며
아침에는 '오늘도 잘할 수 있어'라고,
저녁에는 '오늘도 잘 해냈어'라고 말해주고 있습니다.
이 겸손한 사랑이 행복해지길 바라면서요.

부디, 단정 짓지 말자

세상에 영원한 것이란 없습니다. 변치 않을 것처럼
굳건했던 친구와 더 이상 연락조차 하지 않는 것만 봐도
그렇죠. 반대로 절대 그럴 리 없다고 확신했던 사랑이
꽃 피기도 합니다. 영원한 단정이란 불가능의 다른 말인
것처럼요. 영원하지 않다는 진실이 불안해서일까요.
아니면 그 진실이 불러올 변화가 낯설어서일까요.
사람들은 영원하지 않은 확신에 단정이란 족쇄를
채웁니다.

A는 상처가 많은 아이였습니다. 불우했던 가정환경
때문인지 세상에 영원한 건 없다고 생각하며 사람들에게
곁을 주지 않고 늘 겉돌았습니다. 어른들은 그런 A를 볼
때면 아무것도 할 수도, 될 수도 없을 거라고 장담하곤
했습니다. 마치 미래를 보고 온 것처럼요.
하지만 A는 노력하는 아이였습니다. 지금 생각해 보면
A가 겉돌았던 건 그 족쇄에서 벗어나고 싶어서였을지도
모르겠습니다. 물론 그 노력의 근원이 영원한 행복이

없다면 영원한 불행도 없을 거란 믿음이었다는 걸 나중에
알게 되었지만요. 이유가 어떻든 상관없습니다. 그래야만
자신을 단정 짓던 어른들을 원망하기보단 인정할 수
있었을 테고, 사람들의 오해로 왜곡됐던 스스로를 이해할
수 있었을 테니까요.
그렇게 A는 사람들의 판단 속에 가려졌던 자신을
찾아가면서 절대 이룰 수 없을 거 같았던 꿈이, 절대
치유될 수 없을 거라 단념했던 상처가 비로소 단정이란
족쇄에서 풀려날 수 있었습니다.

한 사람의 아내가, 그리고 한 아이의 엄마가 된 A는
언젠가 이런 말을 했습니다. 살아보니 장담할 수 없는
게 인생이었다고요. 그리고 영원하지 않았기 때문에
상처받았지만 영원하지 않았기 때문에 사랑을 줄
수 있었다면서요. 그때의 어른들의 장담도 영원하지
않았으니까요.

그러니 부디, 어떤 판단으로도
스스로를 단정 짓지 마세요.
우리는 그 누구도 단정 지을 수 없습니다.
설령 그게 나일지라도 말이죠.

스스로 단정 짓지 마세요.
우리는 그 누구도 단정 지을 수 없습니다.
설령 그게 나일지라도 말이죠.

당신과는 천천히

마감이 끝나고 나면 터질 것 같던 머릿속을
차분한 밤공기로 환기하고 싶어집니다.
그럴 때면 집 근처 개천가를 산책하곤 하지요.

산책을 하다 보면 어르신들이
반려견과 함께하는 모습을 종종 보게 됩니다.
강아지의 느릿한 걸음을 재촉하지 않는
노부부의 뒷모습은 앞서가는 강아지를 향해
이렇게 말하는 것 같습니다.

'마냥 작고 어리기만 할 것 같던 너였는데
언제 이렇게 나이를 먹어 우리와 같이 늙어가는 걸까.'

그리고 그런 마음을 아는지 노부부를 향해
연신 뒤를 돌아보던 강아지는 이렇게 말하는 것 같습니다.

'언제나 든든할 줄 알았는데

야속하게 흐른 시간 때문인지 약해진 모습에
자꾸 뒤돌아보게 되는 걸까.'

흘러간 시간만큼 함께할 시간이 줄었지만
그만큼 서로를 바라보며 세월을 맞춰 온 발걸음.
내딛는 한 발 한 발이 그 아쉬움을 위로합니다.

어쩌면 산책처럼 짧은 인생.
시끄럽고 어수선한 매일을 살다 보면
주변을 돌아볼 여유도,
늘 곁에 있는 존재를 소중히 여기는 마음도 사라집니다.
서로에게 의지하며 걸음을 맞추던 노부부와 강아지처럼
괜한 근심과 걱정으로 길 위를 헤매지 말고
스쳐 지나가는 작은 것을 즐기며
한 걸음 한 걸음 천천히 걸어가 봅시다.

산책길을 걷듯이 그렇게.

엄마가 된 너에게

언젠가 너는 말했지. 내가 부럽다고.
정신을 차려보니 어느새 엄마라는 존재가 되어
온전한 나로 살아갈 수만은 없는 하루인데,
하고 싶은 일을 하며 살아가는 내가 멋지다고.

아이를 사랑하는 만큼 나를 사랑하고 싶지만
정신없는 하루를 보내고 나면
나를 사랑할 힘 같은 건 남아있지 않다고.

그나마도 이런 삶에 능숙해지면 좋으련만
매일매일 발견하는 형편없는 내 모습을
서툴고 지친 나로 달래야만 한다고.

사람들은 부모가 돼야 비로소 어른이 된다고 하지만
이런 내 모습을 보고 있으니
어쩌면 어른이 되지도,
좋은 부모가 되지도 못할 것 같다고.

깜깜한 창문에 비친 후줄근한 모습을 보며
싱그러웠던 내 모습과 이별해야만 하는 게,
온전한 나로 살아갈 수 없는 삶에 익숙해져야만 하는 게
때론 엄마가 된 기쁨과 별개로 서글프다고.
희미해지는 모습만큼 꿈도 잊힐까 두렵지만
사실 꿈을 이뤄낼 자신도, 체력도 이젠 없다고.

이렇게 어설픈 꿈조차 이뤄내지도,
나다움을 지켜내지도 못한 채 살아야 하나 싶지만
이게 사람들이 말하던 어른다움이라면
흐릿해지는 나에겐 무슨 말을 해줘야겠냐 물었지.

그렇게 말하는 내내 아이를 안고 일어나 서성이다
겨우 잠든 아이가 깰까 웃음조차 조용조용 삼키며
옅은 미소로 토닥이던 너.

그 평온한 행복에 안겨 새근거리는 아이를 보니
너의 오늘은 사라지는 게 아닌 지켜내고 있는 거라고,
희미해지는 게 아닌 분명해지고 있는 거라고
말해주고 싶었어.

모든 것이 낯선 엄마의 삶.

그래서 누군가의 하루가 더 멋져 보일 때도,

지금의 행복을 온전히 바라볼 수 없는 날도 많겠지.

하지만 이 시간이 지나고 나면 알게 될 거야.

포기했다고 생각했던 꿈은

그 누구도 흉내 낼 수 없는 너만의 행복이 되었다는걸.

그리고 사라졌다고 생각했던 너는

그 행복의 끝에서 오늘의 너를 기다리고 있었다는걸.

좋은 엄마가 된 너를,

좋은 어른이 된 너를,

그리고 그 어느 때보다

너답게 꽃피울 너를.

아무래도 정이 떨어지는 사람

세상을 살다 보면 도저히 정이 가지 않는 사람이 있습니다.
물론 세상은 넓으니 모두 나와 같은 마음일 수 없다는
건 잘 알고 있습니다. 어떻게 사람을 단 한 번만 보고
판단하냐는 생각에 두 번도, 세 번도 만나봅니다.

하지만 역시 정이 가지 않는 사람들.

우연한 계기로 알게 된 B는 제 그림에 관심이 많았습니다.
제 그림을 볼 때면 칭찬을 했지만 그 칭찬이 어찌나 묘한지
하루 종일 찜찜했던 기억이 납니다. 게다가 듣고 있으면
왠지 되묻게 되는 말투에 저는 늘 이해력이 부족한 사람이
되어야 했습니다.

때론 관심이라는 명분으로 속마음을 꼬치꼬치 캐물을
때도 있었습니다. 그리곤 자신만의 경험이 유일한 해결책인
것처럼 늘어놓았지요. 오고 가는 대화여야 할 텐데
궁금하지 않은 사변을 꼼짝없이 들어야만 했던 나날들.

물론 사람이 나쁜 건 아니었습니다. 하지만 사람을
싫어하게 되는 이유엔 선악만이 있는 건 아닙니다.
그 이유가 많을 필요는 없습니다. 단 한 가지 단점이 다른
아흔아홉 가지의 장점을 무용지물로 만들 수 있다는걸,
그리고 자신을 향한 애정만큼 상대방을 배려하지 못하고
맞춰가기보단 맞춰주기만을 바라는 모습이 그 한 가지
단점이 되기 충분하다는걸, B는 알지 못했습니다.

그 이후 B에게 연락이 올 때면 저의 대답은 점점
짧아졌습니다. 그렇게 연락을 피하는 날이 늘다가
언제부턴가 연락을 안 하게 되었지요. 아무래도 우연한
계기가 인연으로 이어질 수는 없었나 봅니다.

옷깃만 스쳐도 인연이라는 우리의 인생.
그 시간 속을 살다 보면 때론 매서운 바람 같은 사람을,
때론 쌀쌀한 가랑비 같은 사람을 만날 때가 있습니다.
이 변덕스럽고 뜻 모를 인연을 맺을수록
왠지 모를 시름이 쌓여갑니다.

그럴 땐 잠시 옷깃을 여미길 바랍니다.

스며든 시름이 마음속에서 미움으로 남지 않도록,
누군가에게 나눠줄 따뜻함이 새어나가지 않도록.

그래야 내 충만한 마음도 지켜낼 수 있을 테니까요.

돋아나는 중입니다

누구나 상처가 있습니다.
상처를 치료하자니 방법을 모르겠고
방법을 배우자니 오늘을 살아내는 법을
배우는 것만으로도 벅찹니다.

어른이 되면 더 이상 자라지 않는다는데
어째서 상처는 점점 자라는 걸까요.
성장통이 아직도 끝나지 않은 걸까요.
아니면 아물지 못한 상처의 후유증인 걸까요.
그런 아픔을 보이고 싶지 않아 애써 밝은 척도 해보지만
그럴수록 홀로 있는 시간이 더 깜깜해질 뿐입니다.

그렇다고 이 상처를 누군가에게 알리고 싶진 않습니다.
나를 이상한 사람으로 볼 것 같아 두렵고
이런저런 입방아에 오르내리고 싶지도 않습니다.
그럴 땐 아무도 없는 대나무 숲에라도 가서
소리치고 싶지만

소란함으로만 가득한 세상엔

나무 한 그루도 남아있지 않습니다.

우리의 상처는 이렇게 굳어져야 하는 걸까요?

언젠가 친구가 약속 시간에 늦은 적이 있었습니다.

딱히 이유를 묻지 않는 제게 미안했는지,

아니면 이제 조금은 아픔이 진정됐던 건지

마음이 힘들어 정신과에 다녀오는 길이었다고

멋쩍게 말했습니다.

그 멋쩍음을 앞세워 말하기까지

얼마나 많은 아픔을 견뎌냈을까요.

저 또한 상처가 있기에

그 멋쩍은 용기가 내심 부러웠습니다.

그렇게 도움을 받으며 상처를 마주하고 치료해가는

친구를 보며 그 상처가 조금이나마 나을 수 있다면

얼마든지 기다려도 좋다고 생각했습니다.

나로 살아가는 시간이 길어질수록

나라는 사람이 어렵습니다.

그럼에도 불구하고 우리는 알아야 합니다.

자신의 감정도, 상처도 말이죠.

상처받는 것이 두렵거나 털어놓는 법을 모를 땐

누군가의 도움을 받는 것도 좋습니다.

외면하지 않고 직면해나가는 시간만이

우리를 치료해 줄 수 있을 테니까요.

그렇게 한참을 시답잖은 농담으로 떠들며

서로의 상처를 보듬던 우리.

집으로 돌아가는 길.

오랜 상처 위로 새살이 돋아나듯

깜깜한 마음에도 조금은 새 삶이 돋아난 것 같았습니다.

우리라는 이름의 다정

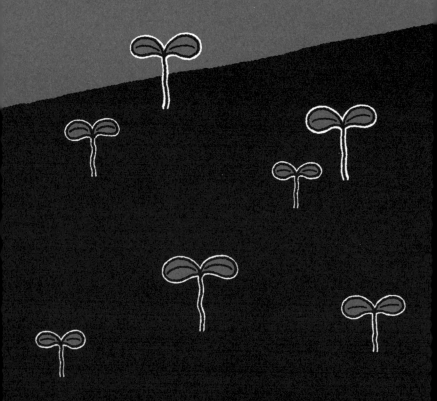

어제의 어린 상처와
오늘의 여린 마음 위로
내일의 내가 돋아나는 중입니다.

나의 작은 영웅

고단함이 가실 새 없이 꼬박 주 6일을 일하며
성실한 봉급쟁이로 살았던 아빠의 젊은 날.
거절할 수도, 이겨낼 수도 없는 술을 마셔야만 했던 날엔
양복을 망토처럼 걸쳐 입곤 비틀거리며 돌아와
어김없이 우리 남매를 찾았습니다.

하지만 신문지 냄새와 술 냄새가 뒤섞인 그 쾌쾌함도,
까끌까끌한 수염을 비비며 했던 말을
또 하는 지루함이 싫어
우리는 방으로 뛰어가 자는 척을 했었지요.

TV를 보느라 자는 척에 실패한 날엔
꼼짝없이 아빠의 말을 들어야만 했습니다.
어김없이 엄마의 잔소리가 쏟아지면
우리 남매는 그 사이를 틈타 방으로 달려갔지요.
낄낄거리며 방으로 향하는 철없는 걸음 사이로
비척대며 홀로 앉아있던 아빠의 뒷모습.

아빠는 우리에게 했던 말을 곱씹고 계셨습니다.

세계 최고가 돼라….
너희들은 할 수 있다….

힘들다고 말할 수도,
위로받을 수도 없는 어른의 삶을
'아버지'라는 이름으로 견뎌야만 했던 외로운 시간.
그 시간 속에서 우리에게 했던 말은
어쩌면 자신에게 해주고 싶은 말이 아니었을까요?

어느덧 지긋한 할아버지가 된 아빠를 보고 있으면
이 조그만 사람이 네 식구를 먹여 살려냈다는 사실에
영웅이란 영화 속에만 있는 건 아닌 것 같단 생각이
듭니다.

무적이 되어줄 망토도,
전지전능한 초능력도 없이
오로지 사랑과 책임감을 무기 삼아
겁이 나고 아파도 아무렇지 않은 척 영웅이 되었지만
그 누구에게도 위로받을 순 없었던 나의 작은 영웅.

흘러가는 시간이 빨라질수록

내 힘과 능력으로 해낼 수 없는 일들이 늘어갈수록

홀로 되뇌던 아빠의 마음을 조금은 알 것 같습니다.

그리고 어쩐지 그 말을 곱씹게 되는 요즘.

이제야 낡은 망토를 벗고 겨우 쉬고 있을

나의 작은 영웅에게,

외로웠을 시간을 향해 해주고 싶은 말이 있습니다.

아빠는 세계 최고의 아빠였다고.

그리고 아빠는 언제나 해냈다고.

인생의 묘미

아침이 되면 어김없이 커피를 마십니다. 커피 맛도
모르면서 쓰디쓴 액체를 꼬박꼬박 마시는 건 아마도
인생이 더 씁쓸하기 때문은 아닐까 생각하면서요.
싸구려 커피든 뭐든 아무래도 좋습니다.
씁쓰름한 맛과는 달리 부드러운 커피 향이
투정 부리는 마음을 달래며 오늘을 깨워주니까요.

사람들의 손엔 똑같은 커피가 들려있습니다.
하지만 누군가는 이 커피 한 잔으로
어제의 속상함을 위로하고
누군가는 아무도 모를 답답한 속내를 털어내고
누군가는 복잡한 생각을 씻어내기도 하겠지요.
그렇게 사람들의 손엔
저마다의 마음이 들려있습니다.
그러다 보면 씁쓸하기만 한 것 같은 커피에서
달큼한 듯 오묘한 맛이 느껴지듯
삶 속에서도 씁쓸한 미소가 느껴질 때가 있습니다.

신입사원 때 흘린 눈물이 있었기에
오늘이 흘러갈 수 있음을,
고된 업무를 견딜 수 있었던 건
투닥거리던 동료 덕분이라는 걸 깨달으며
결코 이해할 수 없던 누군가를 이해하기도 하면서
완고했던 마음이 조금씩 헐거워지는 모습을 보게 됩니다.
쓰기만 한 커피 맛 뒤로 달콤함을 느끼듯
그렇게 지난 시간을 음미해 봅니다.

오늘 밤, 잠들지 못해도 괜찮습니다.
보지 못했던 것을 보게 되면서
깨닫지 못했던 것을 깨달아가면서
오롯이 나만의 생각을 내리며
풍미 가득한 인생을 만들어가는 어른의 삶.

우리가 커피 맛을 알아가던 것처럼
오늘도 인생의 묘미를 알아갑니다.

너의 ── 뒤에서

어린이들이 올바르고 슬기로우며 씩씩하게 자라고
어린이에 대한 애호 사상을 기리기 위해 제정한
법정 기념일, '어린이날'.

나이를 먹는다고 어른이 되는 것도 아닌데
왜 '어른이'를 위한 날은 없는 건지.
슬기롭기는커녕 현실에 치이느라
씩씩하게 자라는 건 꿈도 못 꾸기에
'어른이날'은 왜 없냐며 떼를 써보고 싶지만
어찌 됐든 어엿한 어른으로 밥벌이를 하고
누군가의 반쪽이 되기도 하면서
또 누군가의 전부가 되어 살아가고 있을 어른이기에
어리광은 마음속 깊은 어딘가로 밀어 넣습니다.

아, 나는 아직도 세상 물정도 모르고 어리기만 한 것 같은데
왜 어릴 수는 없는 걸까요?

물색없이 몸만 자라버린 어정쩡한 '어른이'는
누구에게 위로를 받아야 하는 걸까요?

어중간한 모양으로 살아가야 할 날을 헤아리기 위해
달력을 바라봅니다. 그리곤 그 무심한 시선 끝에서
누군가를 발견합니다.

아무도 알아주지도,
아무도 축하해 주지도 않는 어른의 시간 위를
똑같이 내디뎠을 걸음이 달려와
밀어 넣어둔 어린 마음을 토닥여줍니다.

속상함과 고됨을 이해한다는 듯
엉성한 걸음조차 기꺼이 응원한다는 듯
어린이날 뒤에 꼭 따라붙어
어른이 되어가는 우리 뒤를 따라 걷습니다.

좋은 건 늘 자식이 먼저이길 바라는 마음으로.

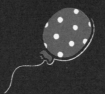

잊지 말자고요.
그때도, 지금도
우리는 언제나 부모님의 기쁨이라는 걸.

진짜 위로의 얼굴들

나이가 들수록 사람을 사귈 기회도,
사귀려는 마음의 여유도 사라집니다.

그런데 세상살이는 점점 힘들어지니
답답한 마음을 털어놓고 싶을 때가 있지만
어떨 땐 만사 제쳐 두고 집중을 해야만 할 때도 있습니다.

그럴 때면 어떤 이는 걱정을 해주고
어떤 이는 섭섭해하곤 하는데,
그때마다 신경 쓰며 설명 아닌 변명을 한다는 건
에너지가 소모되는 일입니다.

어린 시절 친구들이
저마다의 이유로 동네를 떠나기도 하고
이런저런 상황으로 1년에 한 번도 겨우 만나곤 하지만
그런 친구들에게 정말 고마운 건
쉽게 조언도 평가도 하지 않는다는 것입니다.

새삼스러운 인사치레도 없습니다.
연락하지 않아도 그러려니,
무소식이 희소식이겠거려니 하지요.
힘들면 어련히 잘 이겨낼 거라 믿으면서.

어쩌면 믿음이라는 자체가 없는지도 모르겠습니다.
의리라고 거창하게 말하기엔
그저 즐거운 시간을 함께 보낼 뿐
서로에게 큰 기대를 하지도,
서로의 인생에 관여하지도 않으니까요.

자신의 기준으로 타인을 평가하는 세상 속에서
애써 노력하지 않아도 괜찮을,
그저 즐겁게 수다를 떨 수 있는 친구가 있다는 게
얼마나 감사한 일인가 싶습니다.

아무 말하지 않아도 지루하지 않고 이미 다 알고 있다는 듯
평범한 수다로 위로를 건네는 우리들.
그 참된 마음이 오늘을 위로해 줍니다.

그럴 수 없는 날에게 말하길

살다 보면 이도 저도 못 하는
진퇴양난의 상황이 올 때가 있습니다.
나아가자니 현실이 가로막고
돌아가자니 미련이 등을 떠밀지요.

그럴 때면 새벽달을 붙잡고 푸념을 늘어놓지만
고인 억울함이 자책이 되어
빛바랜 자존감 위로 쌓여갈 뿐입니다.

실패 없이, 빈틈 없이, 초라한 시절도 없이
한 방에 척척 잘해나가는 주변을 보면
괜히 풀이 죽지만
나도 할 수 있다며 몸을 일으켜봅니다.

하지만 의지는 낡은 기계처럼 삐걱거리며 겉돌아
오늘도 해야 하는 일과 해야만 하는 일
모두를 놓치고 맙니다.

이런 날이 반복되다 보면 지치고 공허하고
점점 무기력해집니다.

내가 뭘 좋아했는지,
나는 무엇이 되고 싶었는지 잊은 채
아무것도 되고 싶지 않은 마음뿐이지요.

하지만 우리 모두 처음 살아보는 인생.
어쩌면 실수는 필수고 실패는 운명이지 않을까요?

괜찮아요. 그럴 수 있어요.
그럴 수 있는 날과 그럴 수 없는 날이 모여
인생이 될 테니까요.

그리고 그렇게 조금씩 나아가는 것도
인생일 테니까요.

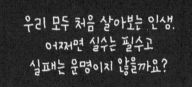

우리 모두 처음 살아보는 인생.
어쩌면 실수는 필수고
실패는 운명이지 않을까요?

엄마는
다 알아

깜깜한 새벽을 홀로 지키는 달빛을 친구 삼아
4평 남짓의 자취방으로 향하던 퇴근길.
삼켜지지 않는 현실을
먹고살기 위해 삼켜야만 했던 그 시절이었지만
엄마에게서 전화가 올 때면
아무렇지 않은 척 받곤 했습니다.

힘들어 죽겠다고 엉엉 울고 싶었지만
운다고 달라질 건 없을 거란 생각에
꾸역꾸역 삭이면서요.

차오른 슬픔이
핸드폰 너머로 흘러가진 않을까,
그래서 혹시라도 엄마가 눈치채지는 않을까
괜찮은 척 메소드 연기를 펼치곤 했습니다.

하지만 꽁꽁 숨겼다고 생각했던 눈물이

엄마의 마음에 비췄던 걸까요?
울지 말라던 나지막한 엄마의 말에
속절없이 무너졌습니다.

엄마와 나는 너무 달랐습니다.
그래서 사랑하는 만큼 싸울 때도 많았지요.
그럴 때면 엄마는 내 마음을
말해도 모를 거라고 생각하며
'내가 다 알아서 한다'는 말을
입버릇처럼 말하곤 했습니다.

하지만 아무도 모르던 그 마음을,
알아서 할 힘조차 남아있지 않던 그 마음을
가만가만 다독여주던 엄마.

어쩌면 엄마는 나조차도 몰랐을 내 마음까지
다 알고 있었던 걸지도 모르겠습니다.

힘든 하루 ——— 끝에서

얼마 전 오랜만에 지하철을 탔습니다.
해 질 무렵에 탄 지하철은 이제 꽤 낯선 풍경이 되었지만
직장인 시절 퇴근길이 문득 떠올랐습니다.

지친 몸과 마음을 이끌고 지하철을 향하다 보면
괜스레 위로가 고파오곤 했습니다.
허기짐을 채우려 이런저런 영상에 기웃거려 보지만
유명인의 강연도, 인플루언서의 위로도
눈에 들어오지 않았습니다.

그렇게 무의미하게 화면을 바라보다
열차가 지상으로 나가면 그제야 고개를 듭니다.
마치 햇빛을 처음 본 죄수처럼 시린 눈을 하곤 말이죠.

세상도 퇴근하는 것 같은 어스름한 풍경 때문이었을까요?
오늘 하루도 무사히 보냈다는 알 수 없는 안도감을
덜컹거리는 열차가 토닥여줍니다.

이어폰을 꽂고 이 요란한 위로에 기대어 가다 보면
기억에서 희미해진 드라마의 OST가
흘러나올 때가 있습니다.
이 오래된 노래들이 조용히 마음을 채우고 나면
'힘든 하루를 보낸 나'에서
'힘든 하루를 보낸 주인공'이 되어 있었지요.
어둑함에 물드는 창밖의 풍경이
이제는 아무도 듣지 않는 오래된 OST와 뒤섞이며
이상한 위로를 해주던 기억이 납니다.

익숙한 풍경들이 건네던 덤덤한 위로들.
그 작은 위로들이 있었기에
돌고 돌아 어제와 같은 하루가 반복되더라도
또다시 내 삶의 주인공이 되어
오늘을 살아가는 거겠지요.

고달픈 시간도, 서글픈 시간도
어스름히 넘기며 말이죠.

내 꿈은

Will Soon

검은 숲 너머로

지난겨울, 한 달간 독일로 여행을 떠났습니다. SNS 속
저는 그야말로 일과 여행을 즐기며 디지털 노마드로
살아가는 멋진 프리랜서였지요. 하지만 뒤늦은 고백을
하자면 현실에서 벗어날 곳을 찾아 떠난 것뿐이었습니다.
여행을 결심하기 전, 아빠가 큰 수술을 했습니다.
병원에서 간병을 하는 엄마를 위해 퇴근 후 밤마다
반찬을 만들고 국을 끓이며 병원에 가져갈 음식을
만들었습니다. 밀린 집안일까지 하고 나면 새벽 2시가
훌쩍 넘었지요. 그러면서도 아침이 되면 밥벌이를 하기
위해 작업을 하고 어른으로 살아가는 이들을 위로하는
글을 써야 했습니다. 몇 시간 차이로 현실과 이상 사이를
오가는 것 같았지요.

다행히 수술은 잘 끝났습니다. 하지만 제 마음은 많이
지쳐있었습니다. 마음도 나이를 먹는 걸까요? 시간이
지날수록 작은 어려움도 이겨내기가 점점 힘겨워집니다.
게다가 가족의 건강과 현실, 나의 미래가 뒤섞여 만들어

낸 걱정은 두려움이 되어 마음에 쌓여갔습니다.
그 무거움을 덜어내려는 듯 마음은 오래전 결심을
밀어내려 하면서요. 프리랜서를 시작했을 때, 무엇이
어떻든 10년은 해보자고 다짐했습니다. 10년이면
강산도 변한다니 내 모습도 변해있을 거란 막연한 기대
때문이었지요.

어느덧 9년 차, 겁이 나기 시작했습니다. 얼마 남지 않은
시간 안에 꿈꾸던 내가 되지 못하면 어쩌나 싶은 걱정이
조금씩 불어나기 시작했습니다. 털어버리고 싶었습니다.
현실의 걱정과 두려움 대신 남은 시간을 견디고 버티며
미련도 후회도 하지 않을 담대한 마음으로 채우고
싶었습니다. 이런 걱정들로 흐릿해진 마음이 때마침
싼값에 올라온 독일행 티켓과 맞아떨어진 것이 여행의
이유였다는 건 아무도 몰랐을 겁니다.

겨울의 독일은 척박합니다. 스산하게 내리는 빗줄기와
뼈마디에 스며드는 한기, 일찍 지는 해로 여행하기에
좋은 곳은 아닙니다. 그럼에도 독일로 떠났던 건 이
척박함이 복잡한 머릿속을 일궈주었으면 하는 바람
때문이었습니다.

독일에 가면 꼭 가고 싶은 곳이 있었습니다.

'슈바르츠발트Schwarzwald'. 독일 남서부에 있는 곳으로
빽빽하게 자란 나무들 때문에 숲이 검게 보인다고 하여
'검은 숲'이라고 불리는데, 얼마나 울창한지 〈헨젤과
그레텔〉의 남매가 길을 잃은 숲으로 알려져 있습니다.
검은 숲으로 가던 날, 아침 일찍 산 입구에 도착했습니다.
오래전 발을 크게 수술한 적이 있다 보니 금세 피로해질
걸 알기에 시간을 넉넉히 잡고 오르기 시작했습니다.
생각보다 가파른 산길과 쌓인 눈으로 미끄러워 역시
쉽지 않았습니다. 어김없이 발가락에 찌릿찌릿한 통증이
시작되자 괜히 왔나 싶은 생각이 들기도 했지요. 하지만
그럴수록 왠지 더 오르고 싶었습니다. 아프다는 핑계로
쉽게 포기하려는 마음이 앞으로 남은 시간에 흘러들까
싶은 노파심 때문이었습니다.

남들은 쉽게 오르는 길을 꾸역꾸역 오르길 얼마나
지났을까요. 새하얀 눈으로 뒤덮인 정상 아래로 펼쳐진
검은 숲이 선물처럼 기다리고 있었습니다. 해발고도
1,493m. 조용하다 못해 고요한 설경 속에서 코가
새빨개질 때까지 앉아있다 내려가는데 왈칵 눈물이
났습니다. 누구에게도 속 시원히 말할 수 없었던 그간의

애환을 이 작은 성취감이 위로해 주는 것 같았지요.
숙소로 돌아와 차갑다 못해 뜨겁고, 찌릿하다 못해
무감각해진 통증에 녹초가 된 발을 한동안 주무르며
멍하니 이 감각을 되뇌었습니다. 다음날 발톱엔 피멍이
들고 발 이곳저곳엔 물집이 터진 탓에 더 느린 걸음으로
여행을 해야 했지만, 쌓인 눈에 길을 잃고 미끄러지면서도
기어이 올랐던 검은 숲에서의 제 모습을 떠올리며
걸었습니다.

우리는 저마다의 검은 숲을 지나고 있는지도
모르겠습니다. 세상은 마치 마녀가 만든 과자집처럼
달콤하지만 잔인한 곳이기에 수많은 유혹이
우리의 결심과 바람을 보잘것없게 만듭니다. 숲속에
버려진 헨젤과 그레텔이 과자를 떨어뜨리며 걸어갔듯
소중한 것을 내어놓아야 할 때도 있을 겁니다. 때론
그 소중한 것을 삼킨 현실 때문에 초심을 잃을 수도
있겠지요. 하지만 두려움을 이겨내며 한 발 한 발 나아갈
때, 수많은 의심 너머에 있을 내가 바라던 모습을 만나게
될 겁니다. 그런 걸음이 때론 가엽겠지만 그럴수록 용감히
이 길을 걸어가야겠지요. 끝까지 포기하지 않았던
헨젤과 그레텔처럼.

어느 윌슨의 이야기

영화 〈캐스트 어웨이Cast Away〉를 보면
무인도에 떨어진 주인공이
유일하게 남은 찢어진 배구공에
'윌슨'이라는 이름을 붙여주고 의지하며 살아갑니다.
그러다 탈출 도중 윌슨이 바다에 떠내려가자
주인공은 삶의 전부를 잃은 것처럼 슬퍼합니다.
그에게 윌슨은 이 망망대해를 살아갈 수 있게 해준
'희망'이었으니까요.

사랑해온 것들을 세상 풍파에 모두 잃고
아무것도 될 수 없다는 생각에 사로잡혀
현실 위를 표류하다 아무도 신경 쓰지 않는 외딴섬에
홀로 남겨질 때가 있습니다.

그럴 때면 그나마도 남아있을 희망조차
두려움에 잔뜩 웅크려있지만
이 웅크린 희망의 품엔 오늘이 안겨 있습니다.

그러니 우리 모두 크든 작든 꿈을 품는 걸
두려워하지 않았으면 좋겠습니다.

바람 없이는 배가 나아갈 수 없듯,
절망과 원망이 넘실거릴지라도 이 바람이 있기에
우리는 어제보다 더 지혜로워지고
용감해질 거라고 믿으니까요.

CastAway는 '조난자'라는 뜻이지만
한번 띄어 쓴 Cast Away는
'~을 물리치다'라는 뜻이기도 하죠.

아무 일도 일어나지 않을 것만 같은 오늘이
언젠가 인생의 조난을 물리쳐줄
쉼표 같은 날이 되어줄 거예요.

우리들의 꿈도, will soon.

작은 별빛의 하루

한두 살씩 나이가 들수록
예전에는 보이지 않던 것들이 보입니다.
바로 별일 없는 하루를 덤덤히 채워가는
이들의 모습이지요.

TV와 인터넷, SNS 속에서도 반짝거리며
흔히 말해 '멋진 사람'들이 쏟아지는 시대.
그 뒤편엔 어스름히 빛나고 있는 작은 별빛들이 있습니다.

거리 모퉁이에서 웅숭그리고 있는
한 평 남짓의 오래된 신발 수선집의 수선공 아저씨처럼,
아파트 옆 작은 골방에서 더위와 추위를 동료 삼다가
하나둘 불빛이 꺼지면
아무도 모를 일을 홀로 해내는 경비 아저씨처럼,
오늘도 똑같은 노선을 돌고 돌지만
집으로 돌아가는 걸음을 지키기 위해
연신 뒷문을 보시는 버스 기사님처럼.

그렇게 지극히 평범한 하루를 채워가는 별빛들이
있습니다.

깊은 한숨이 숨통을 틔워주는 퇴근길.
오늘도 나를 기다리고 있었을 소중한 이를 위해
붕어빵을 사는 당신처럼,
쌓여있는 우편물을 뒤적거리며
잠든 이웃에게 안부를 묻는 당신처럼,
오늘과 다를 것 없을 내일을
그저 묵묵히 준비하는 당신처럼.

화려함 없는 매일이지만
주어진 삶으로 오늘을 비추는 별빛들.

어두운 밤하늘이 아름다울 수 있는 건
쉼 없이 반짝이는 이 작은 별빛들 덕분입니다.

어두운 밤하늘이 아름다울 수 있는 건
쉼 없이 반짝이는
이 작은 별빛들 덕분이겠지요.

오늘도 아름다운 나, 날

모두가 처음 사는 인생이라지만
마치 살아본 것처럼 무슨 일이든
척척 잘 해내는 사람들이 있습니다.
어려움 앞에서도 두려움 없이,
혼란 가운데서도 나답게 걸어가는 사람들.

그 모습을 보고 있으면 나답기는커녕
좋아하는 것을 좋아한다고 말하지도,
싫어하는 것을 싫어한다고 말하지도 못하는
내 모습이 한심할 때가 있습니다.
누군가 떠넘긴 일들로 내 하루를 다 보내고
누군가 미룬 일들로 내 꿈을 미루며 살아갑니다.

나는 어떤 내가 되고 싶은 걸까요?
나도 모르겠는데 멋지고 아름다운 날이 찾아올까요?
근사한 것이라곤 하나 없는 마음은
초라함으로 가득한 미지의 하루를 살아갑니다.

'아름답다'라는 말은
'알음'이 된 '알다知'가 '-답다'와 만나서
탄생했다는 이야기가 있습니다.
15세기엔 '아르-ㅁ'이라는 낱말이
'나我'를 뜻했다고 하지요.

어쩌면 아주 오래전부터 사람들은
아름다워지기 위해서, 나다워지기 위해서
볼품없을 하루라도 다독이며 살아왔던 게 아니었을까요?
남들보다 시간이 걸릴 때면
그만큼 나의 마음이 커다랗기 때문이라고 생각하면서요.

그러니 부족하더라도
낙심하거나 포기하지 말고 나아갑시다.

오늘도 아름다운 날을 위해.
오늘도 아름다운 나를 위해.

좋은 어른이 된다는 것

가끔 묻습니다.
좋은 어른이란 어떤 어른인지.
나이를 먹는다고 해서 마음까지 커지는 건 아니고
경험이 쌓인다고 해서 지혜까지 넓어지는 건 아니니까요.
살아온 시간이 얼굴에 서린다는 말의 뜻도
이제는 알 것 같습니다.
어릴 적 닮고 싶던 어른은 피하고 싶은 어른으로,
용감했던 어른은 무례한 어른으로 변해가고
약지 못하다 생각했던 어른에게선 신중한 배려가,
느린 것만 같던 어른에게 지혜가 보이기 시작합니다.

그럴 때면 내 모습을 바라봅니다.
나이를 '먹기만' 하는 건 아닌지 돌아보죠.
자라난 키만큼 상대를 감싸주고
넓어진 시야만큼 슬픔까지 내다보며
풍성해진 경험만큼 마음을 헤아려주는 어른,
고집스러움 대신 솔직함으로 인정하고

생각을 과시하거나 자랑하지 않으며
앞선 기대 대신 한 발짝 물러나 기다려주는 어른으로
그렇게 나이 들자며 다짐해 봅니다.

녹록지 않은 현실 속에서
마음 같지 않은 내 모습에 실망할지라도
남루하고 초라해진 꿈에 좌절할지라도
그렇게 매일 후회를 반복할지라도
우리, 좋은 어른이 됩시다.
부족한 부분은 채우고
실수는 줄여가면 되니까요.

좋은 어른이 어렵다면
'어제보다' 좋은 어른이 되어 봅시다.
어쩌면 좋은 어른이란
지금 내가 만나고 싶은 어른일 테니까요.

마음의 양식

가끔은 그럴 때가 있습니다.

며칠 굶은 사람처럼 허겁지겁 음식을 먹을 때가요.

참을 수 없는 배고픔 때문도,

맛있는 음식을 향한 욕심 때문도 아닙니다.

아무래도 채워지지 않는 이 헛헛함을

아무래도 상관없을 무언가로 채우는 것입니다.

그렇게 한바탕 쓸어 넣고 나면

뱃속은 숨도 못 쉬게 가득 차지만

마음은 한숨도 못 쉴 만큼 갑갑해집니다.

진귀한 산해진미로도, 유명 맛집의 음식으로도

채워지지 않는 이 허기짐을

영양가 하나 없는 음식으로 채운 선택을 후회하지만

이 후회조차도 마음 한구석에 얹혀

밤새 잠들지 못하게 만듭니다.

그럴수록 아무것도 아닌 것들로 터질 것 같은

내 모습과는 달리

마음은 점점 말라가고 삶은 버거워져 갑니다.

어쩌면 내가 채우고 싶었던 건
어제의 실패도 훌훌 털어낼 수 있는 믿음과
오늘은 해낼 수 있을 거라는 확신,
그리고 설령 그 무엇도 아닌 내일이 오더라도
있는 그대로의 나를 향한 사랑이 아니었을까요?

그러니 채워지지 않을 것들 대신
내가 가장 꿈꾸는 모습을 상상하고
내게 가장 필요한 마음을 떠올리며
괜한 실망들로 오늘이 헛헛하지 않게
괜한 후회들로 내일이 외롭지 않게
마음을 먹읍시다.

우리의 영혼과 마음이 든든할 수 있게.

사라지는 마음

어릴 적 되고 싶은 모습으로 자라 있나요?
저는 되고 싶은 내가 된 것도 아니고,
그렇다고 과거의 나도 아닌,
애매한 모습으로 자란 것 같습니다.

어떨 땐 상실감에 죽도록 힘든 날도 있고
모든 게 부질없게 느껴지는 날도 있습니다.
그리고 이런 날들이 모여 만든 절망감은
오늘의 마음을 웅크리게 만듭니다.

누구도 감싸주지 않는 어른의 삶을,
아무도 붙잡아 주지 않는 사라지는 마음을,
어떻게든 지켜내려는 듯 힘껏 웅크려 마음을
끌어안습니다.

그럴 때마다 조금씩 깨닫게 됩니다.
사라지던 나와 가까워지고 있음을요.

고통스럽다는 건 아직 존재한다는 걸 반증하니까요.

잃어가고 있다고 생각했던 모든 것들이
사실은 그 어딘가에서 언젠가의 나를
기다리고 있는 건 아닐까요?
그땐 어디로든 훨훨 날아갈 수 있을 테니까요.

사라지지 않아요.

무엇이든 될 수 있는 사람

언제부턴가 그나마도 있는 것들을
잃지 않기 위해 더 노력합니다.
겁이라면 겁일 테고
지친 것이라면 지친 것일 테고
감흥을 잃은 것이라면 그런 것이겠지요.

나이를 한 살 한 살 먹어갈수록
젊은 날의 시끌벅적한 패기보다
노년의 조용한 도전들이
더 대단하게 느껴집니다.

시간은 우리에게 무엇이든 될 수 있다고 하지만
우리의 몸과 마음은 점점 나약해집니다.
단어가 생각나지 않아 버벅거릴 때처럼
무엇이든 될 수 있을 그 무엇이 무엇이었는지
깜빡깜빡 잊고 지내기도 합니다.

그럼에도 불구하고

정말로 무엇이든 될 수 있을까요?

오늘의 물음이 우리를 그 무엇으로 만들어 줄까요?

답을 찾기 위해,

이 깜박거림을 다독이기 위해,

글을 쓰고 있을지도 모를 요즘입니다.

그러니 비록 어리숙한 이야기일지라도

그 무엇에 가까워질 수 있길 바라며

틈틈이 체력 충전을 해야겠습니다.

종일 가만히 있어도 방전되는 게 우리들이니까요.

시간은 걱정을 놓아주라는데

나이를 한 살 더 먹어서일까요?

하루가 다르게 세상이 바뀌어서일까요?

아니면 변해가는 세상을 따라잡기엔

하루를 살아내는 것조차 버거워서일까요?

저마다의 이유로 선택의 기로에 놓인 어른이들.

그 시간 속에서 시곗바늘처럼 맴도는 수많은 걱정들.

매일매일 공장에서 나사를 조이던

〈모던 타임스Modern Times〉의 찰리 채플린처럼

언제부턴가 꿈은 조이고, 용기는 닦아내는 어른이들.

남들은 다 잘 살고 있는 것 같은데

나 혼자 구부러진 시곗바늘처럼

잘못된 방향을 향해 가는 건 아닐까 하는

걱정이 들기도 하고

새롭게 시작하자니 덜컥 겁부터 납니다.

행여 용기를 내더라도 옳았다고 생각했고,

잘 해낼 거라 믿었던 나의 선택이

사실은 나의 시간을 멈추게 할 낡은 부품이 되어
영원히 돌고 도는 삶을 살게 되는 건 아닐까,
하는 걱정이 들기도 합니다.

시간은 걱정을 놓아주라는데
우리는 얼마나 많은 시간을
걱정으로 보내고 있는 걸까요?
오늘 하루도 뿌옇게 내려앉은 걱정 때문에
우리의 무한한 가능성과 앞날이
보이지 않는 건 아닐까요?

우리의 시간이 흘러갈 수 있게
걱정은 털어버리고
믿음이란 시침과 긍정이라는 분침,
그리고 매 순간의 행복일 초침을 닦아봅시다.

아무 의미 없을 걱정들로
우리의 행복이 녹슬지 않기 위해.

아무 의미 없을 걱정들로
우리의 행복이 녹슬지 않기 위해.

마음 —— 냉장고

언젠가 친구와 수다를 떨다가

마음 맞는 사람들만 모아 놓고 싶다는

이야기를 한 적이 있습니다.

요즘 사람들의 마음엔 여유가 없는 것 같다면서요.

새로운 사람에게 내어줄 여유도,

실수를 용서할 아량을 품을 여유도 없어서일까요?

마치 누군가 실수하기만을 기다렸다가

때맞춰 실수를 하면 득달같이 달려들어

물고 뜯고 난리가 난다면서.

세상은 점점 상식 밖의 인간들로 넘쳐나니

사람에 질려버려 산으로 들어가는

자연인이 이해가 된다면서요.

하지만 타고난 천성이 사람을 좋아하다 보니

잘 아는 사람끼리라도 잘 지내고 싶은 마음뿐이라고요.

어쩌면 이런 쿰쿰한 마음이

에너지 고갈과 멘탈 소모의 이유인가 싶어

우리는 다짐했습니다.

회사에 갈 땐 뇌와 심장은 집에 놓고 가기로 말이죠.

그래야 마음을 주지 않아도 되는 것들에게

마음을 주느라 마음이 상하는 일도,

이 싱그러운 마음을 소중한 사람들에게

줄 수 있을 거라면서요.

어쩌면 21세기 현대 사회의 어른들에겐

저마다의 마음 냉장고가 필요할지도 모르겠습니다.

보통, 그 적당함의 미덕

'보통'
아주 적지도, 아주 많지도 않은 적당함의 정도.

사람들은 중간이라도 가고 싶은 마음에
보통의 삶을 꿈꿉니다.

인생의 굴곡 또한 아주 적지도 아주 많지도 않은
보통의 삶을 바란다고들 하지요.

하지만 사람들은 보통의 삶을 원한다면서도
적당한 하루엔 만족하지 못합니다.

곱빼기는 보통을 늘 부족한 존재로 만들고
1+1은 보통을 어리숙한 존재로 치부합니다.

'넓은 보普'에 '통할 통通'
특별하지 않고 흔히 볼 수 있으며

뛰어나지도 열등하지도 않은 중간 정도를 뜻하는 '보통'.

특별하진 않지만
마음을 넓게 펼칠 수 있는 보통만이 가진 힘.

오늘도 무사히 보통의 하루를 보낼 수 있었던 까닭은
지나친 이상理想에 짓눌리지도
후회되는 과거에 얽매이지도 않았기 때문 아닐까요?

평범한 하루면 좀 어떤가요?
숨 막히고 비좁은 세상 속에서도
이 넓고 평온한 길을 걸을 수 있는 건
보통만이 가질 수 있는 완벽함일 겁니다.

그리고 이 너그러운 길을 걷는 것이 보통의 삶이라면
저는 더할 나위 없이 완벽한 삶이라 부르고 싶습니다.

'넓게 통하는' 보통의 하루.
보통의 마음이야말로 특별한 거니까.

수능엔 없던 정답

매년 수능이 다가오면 입시 시절이 떠오릅니다.
그러고 보니 뭐 좋은 거라고 수능을 두 번 치렀었죠.

듣기 평가 때 김건모의 〈잘못된 만남〉이 들리기
시작하면서부터 첫 번째 수능도 나와 '잘못된 만남'임을
직감했습니다. 잘못된 만남인 줄 알면서도 입시 미술에
영혼을 갈아 넣었지만 어림없었습니다. 부끄럽지만 당시
나름의 기대주였기에 부모님과 학원의 기대를 받아왔건만
역시 인생은 쉬운 게 아니었습니다.

결국 저는 두 번째 수능을 준비하게 됐습니다. 그 시절,
가족들이 수술도 하고 이런저런 일을 겪어내느라
월세를 살 정도로 집안이 어려웠는데도 재수를 결심한
것이지요. 어려운 집안 사정으로 엄마도 힘들고
예민했기에 위로를 바랄 순 없었지만 힘든 상황 속에서
오갔던 말들이 때론 상처가 되었고, 지나가던 친척들과
지인들이 던진 돌에 맞아 아프기도 했습니다.

조급했습니다. 덕분에 저는 사람답지 못한 몰골로 온몸을 바쳐 1년을 보냈습니다. 언젠가 잘돼서 가족의 희생을 갚아줄 거라고 매일을 되새기며 눈과 귀를 닫고 1년을 보냈습니다. 신세 한탄도 불평도 저에겐 사치였으니까요.

하지만 인생은 그리 쉽지 않더라고요. 두 번째 도전도 실패했습니다. 하늘이 무너지는 것 같았지요. 실전에 약한 게 죄라면 사형수나 다름없었고 운도 실력이라면 구제불능이나 다름없었습니다.

이미 주변에선 붙을 거란 확신에 차 있었습니다. 없는 형편에 다 내어준 가족에 대한 미안함과 내 실력이 형편없었던 게 아니었을까 하는 한탄이 뒤섞여 사라질 수만 있다면 어디로든 사라지고 싶었습니다.

그래도 죽으라는 법은 없는지 추가로 합격을 하게 됐고 그렇게 벼랑 끝에서 한 가닥 동아줄을 잡고 올라와 새내기의 설렘보단 감사 정신과 겸손함으로 무장한 채 대학생이 되었습니다.

어릴 적부터 간절히 바라던 공부였습니다. 그래서인지

배울 수 있다는 것만으로 저의 대학 생활은 행복했습니다.
등골이 휘는 등록금과 과제비를 감당하기 위해 일주일에
고작 12시간밖에 못 잘 때도 허다했지만, 그래도
행복했습니다.

집안 사정이 어려워 장학금으로 학비를 보탰고, 어쩌다
보니 과 수석으로 졸업도 하게 되었지요. 겨우겨우 꼬리로
들어가 어찌어찌 머리 비슷하게 나왔던 나의 수능과 입시,
그리고 대학 생활.

사실 즐거웠던 만큼 말할 수 없이 많은 일이 있었고
남모를 상처도 생긴 시간이었습니다. 그럴 땐 주변을
원망하거나 자책하곤 했지요.

최선을 다했다고 생각했는데 노력과 다른 결과를 만날
때가 있습니다. 그럴 땐 풀리지 않는 문제에 막혀있는 것
같았지요. 그 막막함에 품었던 꿈을 조금씩 포기하게
되었습니다.

하지만 인생은 우리에게 새로운 하루로 늘 기회를 줍니다.
그리곤 시작되는 오늘에게 말합니다.

당신의 '지금'은 결과가 아닌 '과정'이라고요.
그러니 할 수 있다는 마음은 더하되,
부정적인 마음은 빼고,
재능만큼 귀한 노력은 곱하되,
절망은 소망으로 나누며
이 과정을 지혜롭게 풀어가길 바랍니다.

만약 지금의 모습이 실망스러울지라도
그저 내 인생의 공식 중 일부일 뿐
정답은 아닐 테니까요.

만약 지금의 모습이,
나의 하루가,
나의 삶이 실망스러울지라도
그건 그저 내 인생의 공식 중 일부일 뿐
정답은 아닐 테니까.

인간은
입체파입니다

'열 길 물속은 알아도 한 길 사람 속은 모른다'는
속담처럼 사람이란 정말
알다가도 모를 존재인 것 같습니다.

괜찮은 사람이라고 생각했지만
예상치 못한 모습을 발견할 때가 있고
상종하지 못할 인간이라고 치부했는데
의외의 모습을 마주하기도 합니다.

그럴 땐 예상할 수 없는 게 사람 같다가도
길바닥에 굴러다니는 돌멩이조차
보는 각도에 따라 다른데
하물며 그 돌멩이보다 더 복잡한 인간에게는
얼마나 많은 모습이 있을까 하는 생각이 듭니다.
오늘의 내 모습만 봐도 이런저런 나로 이루어졌으니까요.

그러고 보면 사람은 참 입체적입니다.

불완전한 조각들이 모여 만들어진 존재랄까요?

온전히 바라볼 수 없는 내 모습을
성급히 판단하지 않기 위해,
조각나 흩어지는 마음을 잘 맞추며 살아야겠습니다.

그리고 맞춰지는 조각들처럼
누군가의 마음과도 잘 맞추며 살아야겠습니다.

연극이 ——— 끝나면

인생이란 연극과 같습니다.

좋은 일이 연이어 올 땐 환희에 찬 무용극처럼,
모든 게 비참하게 느껴질 땐 비극悲劇처럼,
마음이 답답할 땐 고요한 무언극처럼 느껴집니다.

때론 주연이,
때론 조연이,
때론 스태프가 되어
극을 하다 보면 어느새 1막의 끝이 다가오는데,
그럴 때면 괜히 실수했던 것만 떠오르며
마음이 조급해집니다.
다른 배우들은 모두 잘하는 것만 같아
나도 모르게 의기소침해질 때도 있지요.

1막을 끝낸 뒤 깜깜한 암전 속에 있다 보면
나도 이렇게 깜깜해지면 어쩌나, 하는 생각에

지레 겁이 나기도 합니다.

그래도 어쩌겠어요.
나를 보러 온 관객들을 실망시킬 순 없으니
최선을 다해 2막에 오르는 수밖에요.

즐겁고 기쁘게,
때론 슬프고 속상한 마음까지도 잘 다독이며
그렇게 나답게 풀어내다 보면

2막이 끝나고
커튼콜을 할 땐
비로소 관객들에게 다정한 인사를 건넬 수 있을 거예요.

함께해 줘서, 지켜봐 줘서 고마웠다고.
그래서 버틸 수 있었다고.

애매한 재능이 낳은 기적

저는 때론 일러스트레이터로,
때론 디자이너로, 때론 그림 강사로
때론 글 작가로 살고 있습니다.

누군가 직업을 물을 때면 하나로 단정할 수 없어
꼬리에 꼬리를 물 듯 읊곤 합니다.
그럼 사람들은 재능이 많다며 부럽다고 말합니다.

이런저런 재능으로 먹고살고 있지만
어쭙잖은 완벽주의자로 살아가는 저로선
하나를 아주 깊이 알아야만 비로소 '안다'는 생각에
지금의 재능이 애매하게 느껴질 때가 있습니다.

언젠가 그림 그리는 재주를 보고 수재라며,
분에 넘치는 칭찬을 들은 적이 있었습니다.
하지만 잠깐만 주변을 돌아봐도 능력자들이 보이니
문득, 수재는 천재의 능력을 알아볼 수 있어

불행한 사람이라는 말이 떠올랐습니다.

모차르트의 재능을 동경하면서도
질투하던 살리에르가 욕망을 갖게 했으면
재능도 주었어야 하는 거 아니냐며
신에게 푸념하던 영화를 보며
가만가만 고개를 끄덕였으니까요.
그럴 때면 떠올리는 말이 있습니다.

"만약 마음속에서 '나는 그림 그리기에 재능이 없어'라는
음성이 들려오면, 그때는 반드시 그림을 그려야 한다.
그 소리는 당신이 그림을 그릴 때 잠잠해질 것이다."

천재 화가 빈센트 반 고흐가 한 말입니다.
그 말을 믿고 싶었던 건지, 그래야만 내 불안과 의심이
진정될 것 같았던 건지
일이 아닌 그림들을 그리느라 주말을 할애하고,
쉬러 가는 카페와 여행지에서도 어설픈 낙서들을 했던
것이겠지요. 이 애매한 재능과 자신 없는 목소리를
잠재우기 위해서 말이죠.
그리고 이 글을 쓰고 있는 지금.

글을 배운 것도, 특별한 글재주가 있는 것도 아니고
그렇다고 다독多讀을 하는 것도 아니며
깊은 지혜가 있는 건 더더욱 아닌 제가
네 번째 책을 준비할 수 있었던 건
애매한 재능이 낳은 기적과도 같은 일이었습니다.
그 기적에 감사한 만큼 부족함으로 막막해질 땐
저 말을 등불 삼아 글을 썼습니다.

그러기에 오늘도 묵묵히 글을 씁니다.
이 소리를 잠재우기 위해
깨어있는 마음으로 글을 써봅니다.
애매한 재능에 가려진 분명한 진심이
당신에게 전달되기를 바라며.

사람들은 우릴 보고
날지 못하는 새라고 말하지.

물끄럼

하지만 우리도
날개를 펼치는 날이 있어.

번쩍!

생애 단 한 번.

더 큰 품으로 떠나기 위해.

물론 처음이다보니
뒤뚱거리며 달리는 걸음과

뒤뚱-

뒤뚱-

뒤뚱-

서툴고 넘어지는 모습이
그저 우스꽝스럽게 보일 거야.

미끄덩-

하지만 아무도 모를 거야.
이 우습기만 한 모습이
원대한 여정을 향한 도약이라는걸.

그러니 누가 뭐래도 괜찮아.
우리는 멋지게 날아오를 테니까.

이얏!

어떤 어려움도 우리답게 해내며
꿈을 향해 날아갈 거니까.

잘할 수 있고,
자랄 수 있는
　　모든 이들에게

"작가님, 우리 같이 책 해요."

저의 첫 책을 담당하셨던 편집장님에게서 어느 날 연락이
왔습니다. 퇴사하고 얼마 되지 않아 출간했던 저의 첫
책은 그림 그리는 방법을 재미있는 그림일기로 상냥하게
담아낸 책이었습니다. 하지만 한 번도 가보지 않은 길을
향해 첫발을 내딛던 저는 그림과는 달리 직장에서와 다를
바 없이 여전히 경직되어 있었습니다. 의심은 또 어찌나
많았는지 혹시라도 이 첫발이 잘못될까 싶은 마음에 출간
제안 메일을 확인하고 한동안 잠적을 했을 정도니까요.
책이 진행되면서 처음이라는 불안함과 실수해선 안
된다는 강박에 모든 과정과 자료, 회의 내용을 출력해
두꺼운 파일로 만들어갔던 날 편집장님의 표정은 아직도
잊히지 않습니다.

그렇게 8년이라는 시간이 지났습니다.

그동안 저는 작가라는 호칭에 제법 익숙해졌고 그림을
생업으로 삼으며 때론 누군가를 가르치고 두 권의 책을
더 출간하기도 했습니다.

남들처럼 화려하게 SNS를 꾸미거나 활용하는 성격도
못될뿐더러 나를 오픈하는 일도 어려워 유일한 소통의
수단인 인스타그램에 그림일기와 낙서들만 올리며
지냈지요. 그래서인지 그림만 즐비하게 올라와 있는 저의
SNS는 마치 단출한 놀이터 같습니다. 그런 놀이터에
놀러 와 함께 마음을 나누는 분들이 있음에 늘 감사할
따름이지요. 그러면서도 열 장 안에 제 마음을 모두
담아내지 못하는 게 못내 아쉬웠습니다. 이런 마음을
알았는지 그 무렵 편집장님께 연락이 왔습니다.

"작가님, 이전보다 조금 더 단단해지신 것 같아요."

그간의 밀린 담소를 나누는데 편집장님은 이런 말을
하시더라고요. 누구보다 먼저 저의 서툴렀던 시작을
보고 느끼셨을 분에게 이런 말을 들으니 때론 후회되고
원망스러웠던 이 길이 나를 자라게 해주었나, 하며 내심
안도했습니다. '잃는 것이 있으면 얻는 것도 있다'는 말을

등불처럼 바라보던 날이 어찌나 많았던지요.

내가 선택한 길을 걸어 온 지도 9년이 다 되어가는 저를
보며 주변에선 부럽다, 자리를 잡았다고 말할 때가
있습니다. 하지만 저는 여전히 작은 어려움에도 사정없이
흔들리고 조금의 어둠에도 발을 헛디뎌 넘어지곤 합니다.
저와 같을 누군가에게 이 작은 위로가 전해지길 바라는
마음으로 글을 썼습니다. 고백하자면 제가 가장 필요했던
말이기도, 가장 듣고 싶었던 말이기도 했습니다.

책을 준비하면서 개인적으로도 참 많은 일이 있었습니다.
새로운 걸음 앞에서 다짐했던 10년이 다가올수록
커져가는 조바심에 이전과 다른 불안감이 스며들기도
했습니다. 하지만 가끔 만나는 아주 작은 성취가 걸음을
자꾸 앞으로 내딛게 해주었습니다. 잘하고 있다고,
앞으로도 잘할 수 있다고.

물론 기분 탓일 수도 있을 겁니다. 하지만 기분 탓이라면
이 '좋은 기분'이 내일을 다시 시작할 수 있는 희망이
될 거라 믿습니다. 불안하고 두려운 걸음일지라도 꿋꿋이
걸어 나간다면 그 용기로 자라난 오늘이 더 단단해진
나를, 우리를 만나게 해줄 테니까요.

그러니 발을 내디뎌 봅시다.

꿈꾸고 바라던 모습으로 우거질 푸르고 울창한

우리에게로.

2024년 봄과 여름 사이,

잘할 수 있고, 자랄 수 있는

당신에게

어른도 자랄 수 있다
잘할 수 있다

초판 1쇄 인쇄   2024년 5월 20일
초판 1쇄 발행   2024년 5월 27일

지은이   오춘기 김작가
펴낸이   이소영
디자인   studio fttg

펴낸곳   투래빗
주소   서울시 도봉구 방학로 11길 30, 2층
전화   070-4506-4534
팩스   050-4360-6780
이메일   2rbbook@gmail.com

ISBN   979-11-984741-3-1 03810

투래빗 북펀드에 참여해주신 모든 분께
감사의 마음을 전합니다.

강민주	나하나	송수현	이윤진
강보현	노현서	송은정	이은경
강수현	르방이	신나리	이재신
강시내	문석준	신지은	이지은
강영식	문윤정	신진	이한들
강정현	문지양	신희선	이혜선
강현영	박상은	안치환	임혜진
고은주	박소영	오수연	장문경코니
권다은	박승택	오현우	장영숙
김나은	박신영	유선화	장혜정
김누리	박은영	유오디아	전경애
김미선	박은화	윤지애	전유현
김민정	박정숙	윤지영	전인걸
김보경	박주은	이경우	정동은
김보람	박주희	이경희	정영
김선향	박지현	이다롱	조미진
김성균	박지혜	이단지	지현주
김순영	박지호	이만진	천진아
김아연	박진주	이명숙	최고운
김정은	박혜연	이미숙	최은정
김지현	박혜윤	이미연	최정원
김지혜	배정애	이민영	최현화
김진희	배지혜	이보미	하만수
김하영	변성민	이설희	한남규
김향진	서용석	이세라	해리
김현혜(팔라요정)	서지혜	이소영	허초영
김혜영	선우은	이숙진	홍상희
김혜진	손소영	이아영	황수경
김효진	손은희	이예슬	황유라